EROTICAL

Band 1

Gelebte Träume – geträumtes Leben

12 erotische Kurzgeschichten

$$♀ + ♂ = \infty$$

von

Simon Jorsen

Herstellung und Verlag:
BoD – Books on Demand, Norderstedt

ISBN 978-3-7347-7573-4

INHALT

An Stelle eines Vorworts...

Die meisten von uns wissen nicht, dass die Schöpfungsgeschichte, so wie wir sie kennen, wenigstens einmal verändert, korrigiert, zensiert oder manipuliert wurde, um sie den Bedürfnissen der neuen Religionsmachthaber anzupassen, um das Volk folgsamer und demütiger zu machen. Da musste Schuld und Sühne, Sünde und Verdammnis mit eingearbeitet werde. Ein eingeschüchtertes und seiner Schuld und Sünden bewusstes Volk lässt sich leichter lenken. Vor allem musste ein Schuldiger her, besser eine Schuldige, denn die neuen Religionsherrscher waren alle durchweg Männer. Die Frau musste herhalten. Die Frau wurde für alle Zeiten bezichtigt, das Leiden der Welt verschuldet zu haben.

Was, wenn sich das alles aber ganz anders zugetragen hatte, damals, zum Beispiel so:

Unser Schöpfer* bewies bereits seine Talente.

Er schuf ein gewaltiges, unfassbares Universum, indem er die vier elementaren physikalischen Kräfte in geordnete Bahnen lenkte. Auf seinem Lieblingsgestirn regte sich bereits vielfaches Leben, während der Rest vermutlich leer ausging. Doch er war unzufrieden, weil er einsam und allein war. Natürlich war er der Schöpfer, aber einen zweiten neben sich mochte er nicht dulden. Ein neues Wesen musste geschaffen werden. Dieses Wesen sollte ihm ebenbürtig sein, aber doch nicht so

---

*Hierzu eine Fußnote: ob es sich nun um einen Schöpfer oder eine Schöpferin handelte, konnte noch nicht eindeutig geklärt werden. Da die Geschichte von männlicher Seite geschrieben wurde, entschied sich Mann für männlich.

ganz. Am besten wäre es, es wüsste es nicht. Er brauchte auch Mitarbeiter, denn da waren Erhalt und Nachbesserungen an seiner Schöpfung notwendig. Vielleicht hatte er sich auch nicht genügend Zeit genommen. Er überdachte die Rahmenbedingungen für sein letztes Werk. Hinsichtlich der Abgrenzung hatte er eine geniale Idee. Sie erwies sich als dauerhaft praktikabel und ist im Grunde sehr einfach zu verstehen: ein zweidimensionales Wesen kann ein dreidimensionales Wesen nicht wahrnehmen, nur dessen zweidimensionalen Manifestationen. So können wir dreidimensionalen Menschen auch keine höherdimensionalen Wesenheiten erkennen, es sei denn ihre dreidimensionalen Taten.

Dieses neue Wesen sollte nur Zugang zu drei Dimensionen bekommen, während ihm alle Dimensionen offen standen. So konnte er sich bei Bedarf immer zurückziehen und unerkannt bleiben. Dieses neue Wesen sollte etwa so aussehen wie er. Sofort machte er sich ans Werk. Doch halt, wenn er nur ein Exemplar schuf, ging es diesem Wesen bald so wie ihm; es wäre einsam und allein. Also, es müssen zwei sein. Natürlich sollten sie sich etwas unterscheiden und sich gegenseitig fördern, herausfordern, beflügeln, beleben, erfrischen, wetteifern, umwerben, stärken, bereichern, ergänzen, etwas rivalisieren und konkurrieren. Auf alle Fälle sollten die beiden zusammen weit mehr sein als nur zwei. Er gab sich alle Mühe, und als sie vor ihm lagen, legte er beide noch schlummernden Gesichter dicht nebeneinander und hauchte beiden gleichzeitig seinen Schöpferodem ein als Zeichen, dass er beide in gleicher Weise wertschätzte, liebte und achtete.

Die beiden Geschöpfe öffneten im gleichen Moment die Augen und sahen zuerst sich. Ihren Schöpfer, obwohl anwesend, sahen sie nicht, denn er befand sich in einer weit höheren Dimension. Spontan fanden sie Gefallen aneinander, obwohl sie keine Bauchnabel hatten. Eine Sprache gab es noch nicht. Sie sahen um sich und entdeckten andere bewegliche Wesen, die auf vier Beinen standen und ein Fell hatten. Sie selbst hatten kein Fell, und da die Sonne kräftig vom Himmel schien, suchten sie einen Platz, wo sie weniger schien. Dabei bemerkten sie, dass sie in der Lage waren, auf zwei Beinen zu stehen und zu gehen. Aha, sie waren deutlich etwas Besseres als die Felligen. Im Schatten eines großen Baumes schliefen sie sofort ein. Erschaffen werden ist anstrengend und macht sehr, sehr müde.

Sie beide schreckten von einem finsteren Grollen auf. Es stand keins der Felligen vor ihnen. Das Grollen kam aus ihrem Inneren. Es gab noch keine Sprache, daher nannten sie es der Einfachheit halber, Hunger. Sie fanden immer noch großen Gefallen aneinander. Sie verzogen den Mund und nannten das der Einfachheit halber, Lächeln. Sie gingen Hand in Hand durch den Garten. Die Sonne hinter ihnen projizierten ihre Schatten auf den Boden. Sein Schatten war etwas größer. Dafür war sie in den Hüften etwas breiter; warum? Das göttliche Wort ‚Warum' war geboren!

Gemeinsam fanden sie Gefallen an etwas, was an einem Baum hing. Er griff danach, drehte es und riss es ab. Der Einfachheit halber nannten sie es, Frucht. Sie teilten und rochen daran; die Frucht roch gut. Sie bissen hinein, die Frucht schmeckte gut. Er pflückte mehrere Früchte, bis das Grollen in ihnen verstummte. Zufrieden gingen sie weiter. In ihren Köpfen setzte sich jetzt etwas in Gang, was sie der Einfachheit halber Denken nannten. Wenn sie einander gefielen und ihnen gemeinsam die Frucht gefiel und diese gut roch, wie riecht dann sie, wie riecht dann er? Sie berochen sich und fanden, dass sie und er gut rochen. Sie lächelten, denn sie konnten einander gut riechen. Sie hatten gelernt, wenn etwas gut roch, schmeckt es auch gut. Sie bissen kräftig in sich hinein. Das erzeugte heftigen Schmerz und Zorn; ihre Gesichter verzogen sich bösartig und sie brüllten sich beide an: AUA!!!!

Sie verstanden die Welt nicht mehr. Vorsichtig versuchten sie es noch einmal. Sachte aneinander herum zu knabbern, gefiel ihnen dann schon sehr viel besser. Am wonnigsten war es, wenn nur die Lippen beteiligt waren, was sie dann der Einfachheit halber Küssen nannten. Sie lernten viele Worte an einem einzigen Tag. Die Geburt einer Sprache hatte begonnen. Besonders schön empfanden sie es, als sich ihre beiden Lippen aneinander rieben, knabberten und saugten. Am Anfang waren die Nasen etwas im Wege, aber das kriegten sie dann schon hin. Dann ging ein Kribbeln und Krabbeln durch alle Glieder, dass sie sich kaum noch auf den Beinen halten konnten. Daher eilten sie rasch zurück zu dem Baum und setzten sich dorthin, wo die Sonne weniger schien. Sie begannen, sich genauer zu betrachten. Sie hatten vieles gemeinsam, aber in einigen Dingen unterschieden sie sich aber deutlich. Warum? Sie begannen, sich eingehender zu untersuchen. Das machte ihnen große Freude und Lächeln. Warum?

Das Küssen machte besonders großen Spaß und sie schlang die Arme um seinen Hals, damit er nicht vorzeitig das schöne Gefühl beendete. Ihre Küsse wurden länger und länger, was deutliche Veränderungen an ihren Körpern hervorrief. In erster Linie war er betroffen. Da schwoll etwas an, was zuvor unscheinbar klein war, und richtete sich auf. Sie betastete und prüfte das Phänomen. Das ließ die Schwellung nicht abklingen, im Gegenteil. Noch merkwürdiger war, dass ihm ihre Überprüfung äußerst großes Behagen bereitete. Er wollte ihr gleiche Wonnen zurückgeben, bloß wie? Obwohl sich ihr Design von seinem unterschied, empfand sie gleichfalls allergrößtes Wohlbehagen, als er sie dort betastete. Da war nicht nur Lächeln! Wenn sich nun die Wonnen, wie zuvor beim Küssen, noch steigern lassen, indem sie beide noch namenlosen Gebilde zueinander führten... Holla, da ging aber die Post ab.

„Erstaunlich!" dachte der Schöpfer in seiner höheren Dimension und schüttelte den Kopf. „Da sind sie schon am ersten Tag drauf gekommen. Die können ja denken!"

Später brauchten sie zur Erfindung des Rades Jahrhunderte. Gut, sie mussten sich gegenüber den Erfindern des viereckigen Rades durchsetzen, weil sie das Argument, ein viereckiges Rad rolle am Berg nicht zurück, zunächst nicht entkräften konnten.

Zurück zu den Anfängen. Sie taten es. Weil es so viel Spaß machte, taten sie es sehr häufig. Sie nannten es der Einfachheit halber: Verstecken.

Wenn der Schöpfer in der höchsten Dimension durch seinen Garten ging, hörte er allenthalben ihr Kichern, ihr Lachen, ihr Giggeln und ihre Liebesgesänge in allen Variationen, dann lächelte er vergnügt in sich hinein. Und er wusste, dass es gut war!

Das Anwesen war durch eine Firewall vom Rest der Welt abgeschlossen und geschützt. Allerdings hatte diese Firewall Lücken, so dass Berichte über die Lebensverhältnisse nach außen drangen. Dort gäbe es keine Not, keine Sorgen, kein Leid. Statt Arbeit gäbe es dort kreative Stunden. Es gab aber auch kein Geld, keine Steuern und demzufolge keine Steuererklärungen. Vor allem gab es keine Politiker, die alles zerstört hätten. Viele wollten von außen in dieses Anwesen eindringen. Grundsätzlich hatte der Schöpfer nichts dagegen, wenn sich die Zahl seiner Mitarbeiter vergrößerte. Allerdings sollte die Aufnahme an bestimmte Bedingungen geknüpft sein. Schließlich wollte er nicht, dass seine Schöpfung unter den Neuzugängen zu leiden hatte.

Mit der Zeit musste das Anwesen erweitert werden; schließlich umfasste es den gesamten Planeten. Der Einfachheit halber nannte man diesen Planeten, Erde.

„Warum können wir nicht ins Kino gehen?"

„**S**chaaaaaaaaaaaaaaaatz?"

Wenn sie das Wort „Schatz" mit fünfzehn ‚as' spricht, dann ist höchste Aufmerksamkeit geboten. Es klingt nicht feindselig; es klingt etwa so wie: „Du hörst mir jetzt einfach mal zu, ich habe mit dir zu reden!" Spricht sie das Wort „Schatz" allerdings nur mit einem ‚a', dann klingt das in Abstufungen bedrohlich; dann sollte man den Tonfall und die Lautstärke beachten. Da kann das schon einmal alles andere als das liebenswerte „Schatz" bedeuten. Also jetzt in diesem Augenblick erst einmal Entwarnung! Ich sehe von meiner Computerzeitschrift auf:

„Ja Liebling, was ist denn?" frage ich zuckersüß zurück. Deutlich war jegliche Art von Kooperationsbereitschaft herauszuhören.

Sie: „Warum können wir nicht einmal ins Kino gehen? Andere Paare schaffen das doch auch!"

Ich: „Darüber haben wir doch schon einmal gesprochen..."

Sie: „...ohne Ergebnis. Wir sollten mehr ins Detail gehen, die Situation einfach Schritt für Schritt aufdröseln..."

Ich: „Schön! Aber wir sollten uns nicht drauf beschränken, einen Schuldigen zu benennen!"

Ich ahnte, dass sie mich als Schuldigen am Pranger stehen sehen wollte.

Sie: „Einverstanden! Also wie war es gestern? Wir wollten uns den alten Film mit Jane Fonda, *Cat Ballou,* noch einmal ansehen.

Ich: „Richtig! Wir mussten für die Tickets in einer Schlange anstehen. Ich stand hinter dir und hielt dich ganz dezent bei deinen Hüften. Du hattest ein süßes buntes Sommerkleid an..."

Sie: „War es viel leicht zu kurz?"

Ich: „Es war ganz schön kurz! Aber ich war ja bei dir und hätte dir gewiss beigestanden, wenn es etwa zu unerwünschten Annäherungsversuchen gekommen wäre...! Du hast eben zauberhafte Beine!"

Sie (gespielt erzürnt): „Lenk' jetzt nicht ab! Beschränke dich auf das Wesentliche!"

Ich: „Das ist schon ganz schön wesentlich...!"

Sie: „Na schön, und weiter?"

Ich: „Als wir uns in der Schlange einen Schritt voran bewegten, berührte mein Becken sanft deine süßen Pobacken... Du weißt, wie sehr ich diese beiden Dinger mag!"

Sie (wiederum gespielt erzürnt): „Du sollst nicht schon wieder ablenken! Bleib' beim Thema und komm' zur Sache!"

Ich (sanft lächelnd): „Ich bin auf dem besten Weg dorthin!"

Sie (gespielt schnippisch): „Und? Was geschah dann?"

Ich: „Dann hast du dich umgedreht und gesagt: „Wenn das nicht dein Taschenmesser war, dann sollten wir uns ein andermal diesen Film ansehen!"

Sie: „Typisch, ich bin wieder an allem schuld!"

Ich: „Das habe ich ja nicht behauptet, aber du weißt doch, dass ich mein Taschenmesser schon vor Wochen irgendwo verloren habe. Weißt du das denn nicht mehr?"

Sie: „Natürlich erinnere ich mich daran! Aber was sollte ich denn machen? Vielleicht hast du dir ein neues gekauft und ich weiß nichts davon. Ich habe einfach aus dem Bauch heraus reagiert. Ist das so schlimm? Wir sind ja dann auch nach Hause geeilt... und hast du es bereut? Hättest du lieber den Film gesehen?"

Ich: „Nein, es war alles in Ordnung! Es war wundervoll. Vielleicht ist es das, dass sich immer alles so wunderbar fügt und wir darum gar nicht daran denken, etwas zu verändern. Wir sind eben ein außergewöhnliches Paar!"

Sie: „Kann sein! Vielleicht war auch der Stoff meines Kleides so dünn und deine starke Hand auf meiner Taille...das ist schon irgendwie...ach, du weißt schon was! Oder es war dein Schlüssel...

Ich: „Jetzt versteh ich überhaupt nichts mehr! Seit ich dich kenne, bestehst du auf der Schlüsselgewalt. Du bewahrst doch immer unsere Schlüssel auf. Dein Argument: Ich gerate in Panik, vor unserem Haus zu stehen in einem Augenblick, wo ich dich am raschesten brauche und wir können nicht rein!"

Sie (gespielt resigniert): „Ich weiß, ich bin an allem schuld! So war es immer und so wird es auch immer sein. Ein Frauenherz ist oft verwirrt und inkonsequent!"

Ich: „Das kann ich gut verstehen! Aber glaube mir, du verwirrst mich wenigstens genauso oft und ich handle dann inkonsequent!"

Sie: „Wirklich? Aber wie war es am Freitag davor? Warum gingen wir da nicht einfach ins Kino?"

Ich: „Stimmt! Da ist es uns auch nicht gelungen. An diesem Freitag standest du hinter mir in der Schlange vor der Kinokasse. Trotzdem war auch dies ein Fehler; wir haben's einfach nicht geschafft!"

Sie: „Willst du damit sagen, dass unser gesamtes Leben voller Fehler ist?"

Ich: „Nein, das will ich ganz und gar nicht sagen! Eher das Gegenteil! Doch es scheint schon wie verhext, dass es uns nicht gelingt, einfach einmal ins Kino zu gehen. Was war denn anders an jenem Freitag?"

Sie: „Diesmal stand ich hinter dir. Ich sah deinen starken Rücken und ich wollte mich nur an ihn schmiegen. Schließlich bin ich deine Frau und ich habe immer das Recht, mich an dich zu schmiegen!"

Ich: „Dieses Recht hast du selbstverständlich, aber das war ja nicht alles!"

Sie: „Gut, ja, ich habe meine Hände in deine beiden Hosentaschen gesteckt."

Ich: „Warum?"

Sie: „Ich wollte einfach nur herausfinden, ob du unsere Schlüssel hast. Ich fand sie nicht und fragte, ob dies dein Taschenmesser sei!"

Ich: „Ich sagte nein! Ich habe es verloren und du wusstest das! Du hast mir die gleiche Antwort gegeben wie heute: Wenn das nicht dein Taschenmesser ist, dann sollten wir uns diesen Film an einem anderen Tag ansehen. Schließlich fanden wir uns wieder zu Hause."

Sie: „Du hast Recht, es war mein Fehler! Aber wie werden wir es jemals schaffen, ins Kino zu gehen?"

Ich: „Das weiß ich auch nicht! Wir können das ja am nächsten Freitag noch einmal versuchen. Wirst du ärgerlich sein, falls es wieder nicht klappt?"

Sie: „Nein, gewiss nicht! Überhaupt nicht! Aber vergib mir bitte!"

Ich: „Ich habe dir nichts zu vergeben! Du solltest mir vergeben!"

Sie: „Ich verzeihe dir! Aber du wirst mir doch zugestehen, dass ich als deine Frau immer das Recht habe, meine Hände in deine Hosentasche zu stecken, und zwar immer, wenn ich es will!

Ich: „Das hast du! Du brauchst mich nicht einmal zu fragen!"

Sie: „Du bist so großzügig; das wärmt mir mein Herz!"

Ich: „Ist damit das Thema nun beendet?"

Sie: „Eigentlich nicht... vielleicht liegt es am Tag. Vielleicht sollten wir einen anderen Tag auswählen.

Ich: „Das verstehe ich nun ganz und gar nicht! Der Freitag ist doch wie jeder andere Tag!

Sie: „Eigentlich nicht... mit den Freitag beginnt das Wochenende. Wir könnten doch das Wochenende ganz anders beginnen. Wir könnten doch unserer Liebe wegen am Freitag schon früh zu Bett gehen und das ganze Wochenende darin verbringen. Wir werden all die Tage nichts anderes tun, als das was Liebespaare für gewöhnlich miteinander tun. Findest du nicht?"

Ich: „Verstehe ich dich richtig? Du erwartest, dass wir es das ganze Wochenende hindurch miteinander treiben?"

Sie: „So würde ich das nicht bezeichnen! Ich wünsche mir, dass du das ganze Wochenende mit mir schläfst, so wie das andere Paare auch tun.

Ich: „Die Paare, die mit uns in der Schlange vor der Kinokasse standen, hatten das zumindest nicht vor!"

Sie (es gelang ihr, eine kleine Träne in ihrem Auge funkeln zu lassen): „Ich versuche doch nur, dich wissen zu lassen, dass ich mir so sehr wünsche, dass du mit mir von Freitagabend bis Sonntagnacht schläfst.

Ich (etwas verunsichert): „Einen solchen Marathon hält doch kein Mann durch!"

Sie (Hoffnung schöpfend): „Warum denn nicht? Du hast es ja noch nie versucht! Ich wäre dir gewiss gerne behilflich, dein Taschenmesser immer wieder auf zu klappen.

Ich: „Nenn' ihn nicht Taschenmesser!"

Sie: „Ich meine ja nur! Du solltest meine Fähigkeiten nicht unterschätzen. Ich wäre ja schon damit einverstanden, wenn wir damit beginnen würden, vielleicht daraufhin zu trainieren, damit wir eines schönen Tages dieses Ziel erreichen."

Mir fehlten die Worte. Dafür klappte mir die Kinnlade herunter.

Sie: „Du wirst mir doch nicht diesen einfachen Wunsch ausschlagen? Wenn ich der Mann in unserer Beziehung wäre, dann würde ich alles daransetzen, dir, meiner Frau, ein ganzes Wochenende lang einen Höhepunkt nach dem andern zu schenken."

Mir fehlten weiterhin die Worte; ich beließ es bei einem leichten Kopfschütteln.

Sie: „Mein Gott, warum fällt es dir nur so schwer, mich zu verstehen? Ich schlafe eben so gerne mit dir; ich kann einfach nicht genug kriegen!"

Das zu hören, rührte mein Herz. Ich stand auf und nahm sie in die Arme: „Mein Schatz, wenn es dir so viel bedeutet, dann sollten wir es auch tun!"

Sie: „Wann?"

Ich: „Wie wann?"

Sie: „Wann werden wir mit dem Training beginnen?"

Ich: „Na jetzt gleich!"

Sie: „Na dann komm', bevor du es dir noch einmal anders überlegst!"

Ich: „Musst du denn immer das letzte Wort haben?"

Sie: „Ich verspreche dir, mein Schatz, wenn du mit mir schläfst, werde ich kein einziges Wort sprechen, zumindest kein verständliches."

Sie hielt ihr Versprechen und das will schon etwas heißen!

Violas luzider Traum

Viola war sich selbst gegenüber äußerst kritisch. Das soll nicht heißen, dass sie ständig an sich herumnörgelte, dies oder jenes sei nicht am richtigen Platz und überhaupt, alles sei verkehrt und sie werde grundsätzlich und stets vom Schicksal benachteiligt. Ganz im Gegenteil, sie war mit sich sehr zufrieden. Die Natur hatte sie mit allen nur erdenklich guten Gaben versehen. Sie war eine außergewöhnliche Schönheit. Das machte sie nicht hochnäsig, nicht einmal eitel. Sie wertete das als ein wertvolles Geschenk und sie wollte sich dieses Geschenks würdig erweisen. Ihre ganze Aufmerksamkeit verwendete sie darauf, diese Gabe zu erhalten und zu pflegen. So verbrachte sie meist täglich geraume Zeit vor dem Spiegel, um sich nach dem Bade eingehend zu betrachten. Dazu genügte natürlich nicht ein einziger Spiegel; sie wollte sich von vorne und hinten ansehen, ohne sich dabei akrobatisch verbiegen zu müssen. Ihr war bekannt, dass ihr Spiegelbild vom Original abwich. Kein Mensch ist absolut symmetrisch. Daher ließ sie einen weiteren Spiegel anbringen, um das Spiegelbild vom Spiegelbild, also das Original, mit ihrem Spiegelbild vergleichen zu können. Natürlich, ihr dunkles, langes, glattes Haar war asymmetrisch geschnitten. Sie hatte ihren Friseur darum gebeten. Sie fand das originell. An ihrem Mundwinkel konnte sie auch winzige Abweichungen ausmachen. Auch ihre wunderbar ausgeformten Brüste glichen einander nicht vollständig. Dennoch lächelte sie über sich, sie war sehr mit sich im Einklang. Da war kein blauer Fleck, entstanden durch eine Unachtsamkeit, kein unseliger Insektenstich, kein Pickelchen, kein Fältchen, kein dreistes Härchen an falscher Stelle. Ihr Hinterteil ein wahres Kunstwerk, und erst recht ihre langen, schlanken Beine. Gut, ihre Fußnägel mussten nachgebessert werden, ihre Fingernägel dagegen nicht. Make-up verwendete sie nur äußerst sparsam; an ihr gab es nichts zu verstecken, allenfalls wollte sie dieses oder jenes etwas betonen. Sie war jung, gesund und nicht nur hübsch, sie war unbeschreiblich schön. Überraschenderweise fürchtete sie das Altern nicht. Schönheit im Alter hat nur eine andere Qualität. Innere Schönheit altert nicht. Schönheit ist das Wesen der Schöpfung!

Nicht nur *ihrer* Schönheit widmete sie ihr Leben. Auch die Schönheit anderer war ihre Leidenschaft. Wer schön ist, umgibt sich gern mit Schönem. Sie besaß einen kleinen Beautysalon in guter Lage in der Innenstadt. Er hatte einen sehr guten Ruf, war nicht gerade ein Schnäppchen aber dennoch sehr gut besucht. Sie hatte eine Stammkundschaft mit ständig festen Terminen. Für neue Kunden stand kaum noch Zeit zur Verfügung. Oft wurde sie von ihren Kundinnen gefragt, was ihr Geheimnis sei. Dann antwortete sie:

„Wahre Schönheit ist nicht ein äußerliches Erscheinungsbild. Sie kommt von innen. Die Summe aus innerer und äußerer Schönheit ist unser Charisma. Auch Ihre innere Schönheit benötigt Ihre Aufmerksamkeit und Pflege. Achten Sie nicht nur darauf, wie Sie Ihren Körper ernähren, achten Sie auch auf gesunde Ernährung für Geist und Seele; achten Sie darauf, was und wie Sie denken. Vielleicht finden Sie jemand für Ihre innere Kosmetik! Seien Sie wachsam und bewusst und lassen Sie nur zu, was Ihnen wirklich gut tut!"

Ihre beiden Angestellten teilten ihre Ansichten. Sie empfanden Schönheit nicht als Business, eine Einkommensquelle, ein Geschäft. Schönheit war für sie eine sinnliche Leidenschaft.

Sie freute sich, dass sich unter ihren Kunden zunehmend auch Männer befanden. Nicht viele, und die meisten hatten nichts mit dem weiblichen Geschlecht im Sinn. Aber das störte sie nicht. Auch ihr Friseur befand sich darunter. Noch waren gepflegte Männer in der Alltagswelt selten. Man kannte sie nur vom Bildschirm. Viola befragte ihre männlichen Kunden während der Behandlung sanft nach ihren Motiven. Einige gaben an, auf Bratschau zu sein. Andere hatten einen Geschenkgutschein der Ehefrau erhalten mit dem Auftrag, das Erscheinungsbild etwas aufzubessern; wieder andere wollten Spuren der Abnutzung kaschieren. Ein anderer wollte sie zum Dinner einladen. Viola sagte zu, wenn die Frau Gemahlin mitkäme. Er ließ sie wissen, dass da zwischen ihm und der Frau Gemahlin nicht mehr viel liefe. Viola sagte sanft, dass zwischen ihr und ihm gar nichts laufen werde. Das war eine bittere Enttäuschung. Viola war weniger enttäuscht, diesen Kunden verloren zu haben. Der Chef eines sehr renommierten Industrieunternehmens gestand ihr, dass Verhandlungen für ihn vorteilhafter verlaufen, wenn er äußerst gepflegt auftrat.

Ach ja, das Thema Männer war für Viola ein etwas belastetes Kapitel, denn befriedigend verliefen ihre sporadischen Kontakte mit dem anderen Geschlecht bisher nicht. Dabei verhielt sie sich keinesfalls kühl oder abweisend. Jeden Tag folgten ihr bewundernde Blicke. Keiner entging ihr. Sie lächelte gelegentlich einladend zurück. Doch meist geschah nichts. Viele Männer wagen es nicht, mit den Schönen ein unverfängliches Gespräch zu beginnen. Viola erlebte, wie gestandene Männer ins Stottern gerieten, wenn sie ihnen unverwandt in die Augen sah. Sie verzieh Schüchternheit und kleine Ungeschicklichkeiten. Sie verzieh allerdings nicht das allzu forsche Auftreten routinierter Womanizer; sie hatten keine Chance, denn wenn es etwas gab, was Viola auf den Tod nicht ausstehen konnte, dann war das Angeberei und

Arroganz. Meist gesellte sich dann auch noch Ignoranz und Aufdringlichkeit hinzu. Wenn sie versehentlich in eine solche Situation geriet, so konnte sie in einem Restaurant plötzlich wortlos aufstehen, dem Kellner großzügig den Preis für ihre Mahlzeit entrichten und mit einem kleinen Winke-Winke verschwinden.

Natürlich hatte sie, wie jede Frau, ein brennendes Verlangen nach Zärtlichkeit, beständiger Liebe und reichlich sexueller Aktivitäten. Aber ihr Alleinsein war viel zu schön, als dass sie es allzu leichtfertig einer unbefriedigenden Zweisamkeit opferte.

Sie schien also ziemlich recht genau zu wissen, was sie nicht wollte. Dass sie aber nicht so genau wusste, was und wie sie es gerne wollte, machte sie traurig. Was, wenn sie ihr ganzes Leben... Sie wagte nicht, diesen Gedanken zu Ende zu denken. Kummer stand ihr nicht, musste sie beim Blick in den Spiegel feststellen. Erneut betrachtete sie ihren Körper. Da hatte sie plötzlich eine Eingabe. Hatte ihre wunderbar gestaltete Figur nicht Ähnlichkeit mit einem Musikinstrument? Der leicht geschwungene Oberkörper, die schlankere Taille und dann die etwas kräftiger ausgeformten weiblichen Hüften, die langen, schlanken Beine... Eine Vision wob sich in ihre Gedanken und verfestigte sich: Sie war ein Cello oder eine Violine, gar eine Viola d'Amore? Rasch zog sie einen Bademantel über, um nicht auszukühlen und ließ sich in ihrem bequemsten Liegesessel nieder. Er ließ sich vielfach verstellen und bot vollkommene Entspannung. Viola schloss die Augen und lächelte.

Wenn sie ein kostbares Instrument ist, dann muss sie nur einen talentierten Musiker finden, der auf ihr spielte, um ihre gesamte Vielfalt und Klangfülle zum Leben zu erwecken. Sie schlummert, in verstaubte Tücher gehüllt, in einer Kammer eines Antiquitätengeschäfts für gebrauchte Musikinstrumente. Ein Musikstudent entdeckt sie. Der Inhaber verlangt einen hohen Preis, wie immer. Der Student sieht sich außerstande, diesen Betrag bezahlen zu können. Der Händler glaubt ihm und hat Mitleid. Er überlässt ihm das Instrument zu einem erschwinglichen Preis. Er wird den Verlust beim nächsten Kunden wieder ausgleichen. Der Student trägt das Instrument mit großer Sorgfalt nach Hause. Sie fühlt sich gut, sicher und beschützt, wie er sie trägt. Zu Hause enthüllt er sie, betrachtet und untersucht sie, reinigt sie sorgfältig mit einem sauberen, weißen Tuch, entfernt alle Staubpartikel. Zum ersten Mal ahnt er, welchen Schatz er in den Händen hält. Nur was war das für ein wundersames Instrument, ein Cello oder eine Violine, eine Viola d'Amore? Eine Gebrauchsanweisung war nirgendwo zu finden. Er legte Viola beiseite. Er sah ratlos aus und Viola hoffte, er gibt nicht auf; sprechen konnte sie ja nicht in ihrer Verwandlung. Er erwarb hochwertige Tücher und wickelte sie bedächtig darin ein, um sie vor schädigenden Umwelteinflüssen zu schützen. Nun stand sie in der Ecke seines Zimmers und lauschte seinen Selbstgesprächen. Er nannte sich Andreas, wenn er mit sich sprach. Sie hörte aus seinem Gemurmel Zweifel über seine Fähigkeiten heraus. Schließlich sei er erst Student und noch bei weitem kein genialer Musiker, der jemals in der Lage sein werde, diesem Meisterwerk wunderbare Klänge zu entlocken. Viola dachte, lieber Gott, lass ihn nicht aufgeben. Er soll unbedingt versuchen, auf mir zu spielen, damit er weiß, wie ich klinge. Könnte ich doch nur sprechen!

Violas Stoßgebet wurde erhört. Andreas griff nach dem Instrument und wickelte es aus den Tüchern. Wieder erfasste ihn diese Mischung aus totaler Begeisterung und tiefen Selbstzweifel. Wieder untersuchte er sie voller Respekt und Bewunderung. Er erkannte den außergewöhnlichen Wert dieses Instruments. Doch was war das eigentlich für ein Instrument? Es gibt Musikinstrumente, die spielt man mit den

Fingern, andere wieder mit den Lippen und den Fingern, wieder andere mit Lippen und Zunge, andere benötigen einen fest gespannten Bogen, der mit unterschiedlichen Geschwindigkeiten über die Saiten streicht. Endlich hatte er verstanden: es war ein sehr vielseitiges Instrument. Doch wie sollte er es halten? Er kann es zwischen seinen Knien halten, er konnte es auf zweierlei Art und Weise im Arm halten, entweder die Vorder- oder die Rückseite ihm zugewandt. „Ich wünsche mir, ich könnte dieses Instrument in höchster Perfektion spielen." murmelte er vor sich hin.

Er begann mit ersten Versuchen und Übungen, um die Vielseitigkeit zu erkunden. Er strich das Haar beiseite und legte seine Lippen an die Stelle, wo der schlanke Schaft auf den Klangkörper trifft. Erst nach einer Weile hörte er einen sanften, tiefen Klang, einen Klang des Wohlbefindens, ruhig, sonor und von himmlischer Reinheit. Er fühlte sich ermutigt und ließ jetzt seine Finger über den Klangkörper tanzen. Er wurde belohnt mit einer ersten wunderschönen Melodie, was ihm eine ungefähre Vorstellung vermittelte von dem, was ihn erwartet. Er versuchte sie als Trommel zu benutzen; auch dies gelang, solange er nicht zu heftig trommelte, dann erklangen Töne, die an Schmerz erinnerten.

Er begriff das überwältigende Potential, das in diesem Kunstwerk schlummerte. Dieses Kunstwerk hielt er in seinen Armen. Natürlich wird er täglich mehrere Stunden üben müssen. Aber gerade das erfüllte ihn mit unbändiger Freude, selbst wenn es Jahre dauern sollte, bis er zum vollkommenen Meister wird.

Dann eines Tages war es soweit. Sie waren sich schon sehr vertraut. Seine Intuition und ihre Harmonien waren zu einer Einheit geworden. Sie sah ihm aufmerksam zu, wie er seinen Bogen spannte und ihre Saiten einstimmte. Nach einem virtuosen Vorspiel fanden sie zueinander, um ihre erste große

Sinfonie für zwei Liebende in vier Sätzen zu spielen. Sie eröffneten in allegro, einem lebhaften und eindrucksvollen Vivace, gefolgt von einem süßen, sanften Andante, welches sehr tief einging und verborgene Emotionen weckte. Dem folgte ein geheimnisvolles, bewegendes Intermezzo mit dunklen Akkorden und langen warmen Harmonien. Letztendlich holten sie aus zum großen Finale in größter Leidenschaft mit einem Crescendo, das die Wände erzittern ließ – eine wahre Hymne grenzenloser Freude und Glückseligkeit.

Welch Glück, dass sie einander gefunden hatten.

Von nun an verging keine Nacht mehr, ohne dass nicht eine weitere Sinfonie für zwei Liebende in vier Sätzen inszeniert wurde. Ihre Kreativität hatte keine Grenzen.

Nach dieser klaren Vision strahlte Viola mit geschlossenen Augen. Der Vorhang hatte sich gehoben. Sie hatte ihn mit ihren eigenen Augen gesehen, ihren Meister. Alle Finsternis hatte ein Ende. Sie musste nur noch ihren Meister finden.

Erikas Gedanken zur weiblichen Logik

Mein lieber Mann,

heute ist Samstag früh und ich wache alleine auf. Der Platz neben mir ist leer und kalt. Ich vermisse dich und das wunderbare Gefühl, jeden Morgen in deinen Armen aufzuwachen. Ich weiß, die Messe in Hannover... Aber was dich anbelangt, bin ich sehr egoistisch. Ich kann nur hoffen, dass diese Messe rasch zu Ende geht! Gerade die Morgenstunden an unseren Wochenenden sind besonders schön mit dir. Egal, wer zuerst die Augen aufschlägt, es ist so schön, als erstes den anderen in seinem Frieden schlafen zu sehen. Ich weiß, dass du manchmal vorgibst, noch zu schlafen. Dann winde ich mich aus deinen Armen, stehe so leise wie möglich auf und öffne den Vorhang und das Fenster, um die Sonne herein zu lassen. Dann wachst du meist auf, und beobachtest mich, wie ich langsam zurück zu unserem Bett komme. Ich mag deine Blicke auf meiner Haut und die ungeduldige Art, wie du mich wieder unter unsere Decke ins Bett ziehst. Ich spüre deine Blicke, wenn ich noch schlafe und die Wärme deiner Augen weckt mich. Wir können nicht sprechen, zumindest nicht die ersten Minuten; aber wir lächeln und küssen uns sanft und ich genieße deine zärtlichen Hände, wenn sie mir das Haar aus dem Gesicht oder von meinen Brüsten streichen.

Heute Morgen dachte ich so intensiv an dich, so dass sogar ein Dialog entstand. Du warst noch nicht ganz im neuen Tag.

Manchmal trage ich des Nachts das T-Shirt des kommenden Tages, weil du so meinen Duft den ganzen Tag um dich hast und der andere Weibchen von dir fernhält. Heute früh trage ich nichts. Vielleicht habe ich dich vergangene Nacht zu sehr beansprucht. Ich knappere sanft an deinem Ohrläppchen und du ließest es geschehen. Als ich glaubte, bei dir eine minimale Auffassungsbereitschaft zu erkennen, flüsterte ich zärtliche Worte der Liebe in dein Ohr und fragte ganz sanft:

„Mein Liebling, du hast eine ganze Weile nicht mit mir geschlafen! Ist etwas nicht in Ordnung?"

Du reißt die Augen auf, als glaubtest du, du wärst in einem falschen Film: „Aber wir haben doch vergangene Nach miteinander geschlafen!"

„Ja, das war gestern, aber ich spreche von heute!" antwortete ich mit größter Sanftmut.

Du machst nur „Hmmm!". Ich weiß, du kapitulierst gelegentlich vor meiner Logik. Aber wir sind schon ein paar Jahre zusammen und du könntest dir etwas mehr Mühe geben, mich besser zu verstehen! Ich werde dir auf die Sprünge helfen müssen, aber das mach' ich gerne, wie du weißt. Ich kaue weiter an deinem Ohr und starte meinen zweiten Versuch:

„Du hast mir doch erzählt, dass es für uns beide gesund sei, wenn wir miteinander schlafen!"

Immerhin nickst du zustimmend. Das ist ja schon mal was.

„Dann ist des gesünder für uns beide, wenn wir häufiger Sex haben! Oder irre ich mich da?"

Keine Reaktion und ich kaue mit einfühlsamer Geduld weiter an deinem Ohr. Hoffentlich hält es das noch eine Weile aus. Du scheinst heute früh etwas störrisch und begriffsstutzig zu sein.

„Dann ist es doch wohl noch besser für unsere Gesundheit, wenn wir noch viel häufiger zusammen schlafen?"

Immerhin, ich vernahm keinen Widerspruch; du scheinst meiner Argumentation zu folgen. Ich hatte Geduld – übrigens eine meiner ganz großen Stärken. Das sollte jede Frau haben, wenn es um Männer geht. Doch glaube nicht, ich sei schon am Ende meiner Belehrung. Ich weiß doch, wie man maximale Aufmerksamkeit erhält.

„Du hast mir auch erzählt, wenn ich mit deinem Freund spiele, dann macht ihn das stark!" Ich spürte förmlich, wie jetzt der ganze Mann bereit war, mir genau zuzuhören. „Dann macht es ihn doch wohl noch stärker, wenn ich mit ihm noch mehr spiele? Das wäre doch logisch?"

„Da hast du Recht!" sagtest du. Die ersten gesprochenen Worte an diesem Tag und dann auch noch solche, die einer Frau Recht geben!

„Dann wird er wohl am stärksten sein, wenn ich ganz intensiv mit ihm spiele. Stimmst du mir da zu?"

„Natürlich stimme ich dir da zu!" So viele Worte auf einmal!

„Dann heißt das doch, dass du mit deinem Urteil, ich würde dir nie zuhören, vollkommen falsch liegst!" beharrte ich. Jetzt nur nicht aufgeben.

„Aber ich habe dir diese beiden Ratschläge gegeben, als wir zusammen schliefen." Du erstauntest mich mit diesem langen Satz.

„Das beweist nun wiederum, dass ich dir dann besonders aufmerksam zuhöre und auch noch dazu alles im Gedächtnis behalte, wenn du mit mir schläfst. Richtig?"

„Das scheint offenbar so zu sein!" stimmst du zu.

„Dann ist es doch besonders ratsam, wenn du sehr viel häufiger mit mir schläfst, damit ich dir vollste Aufmerksamkeit schenke und auch noch alles im Gedächtnis behalte. Es ist eine bewiesene Tatsache, dass jeder Mensch genau dann am besten lernt, wenn das Lernen mit Annehmlichkeiten und Belohnung verbunden ist. Oder etwa nicht?"

Wieder hast du gelacht und mir zugestimmt, wobei ich beim besten Willen nicht weiß, was es dabei so viel zu lachen gibt. Ich kaute gedankenverloren weiter an deinem Ohr und überlegte den nächsten Schritt. Schließlich musste er mein Denkresultat widerspruchslos akzeptieren und vor allem befolgen.

„Dann wäre es doch die intelligenteste und allerbeste Lösung für alle, wenn wir immer im Bett bleiben und nicht aufhören miteinander zu schlafen. Das würde auch Mutter Natur entlasten, sie erholt sich, weil wir nicht sinnlos mit dem Auto herumfahren und kein nutzloses Zeug kaufen. Das ist doch die einzig korrekte Schlussfolgerung, die keinen Widerspruch duldet! Gut, dann werden wir gleich nach dem Frühstück damit beginnen und umsetzen, was wir soeben herausgearbeitet und gelernt haben. Übrigens, du bist mit dem Frühstückmachen dran. Ich werde derweil duschen! OK?"

Du lachst und schüttelst nur den Kopf. Mein Gott, mein geliebter Mann, um es in einem Satz zu sagen: ich schlafe eben so gerne mit dir und kann einfach nicht genug bekommen.

In Liebe, deine Erika

Warum sind Männer so, wie sie sind?

Und warum sind sie die besten Kosmetiker?

Der Mensch ist das einzige Geschöpf auf diesem Planeten, das ständig fragt ‚warum'. Die aus dieser Frage geschöpften Antworten werden uns zwar nicht vor unserem Untergang bewahren. Aber selbst dann werden wir noch fragen: warum?

Im Folgenden werden sie keine erdachte Geschichte lesen, sondern mit klare Fakten konfrontiert. Ich habe sie aus verschiedenen wissenschaftlichen Bereichen entnommen und verwende sie selbst teilweise in meinen Lehrveranstaltungen. Dass wissenschaftliche Fakten amüsant aufbereitet werden können und somit unterhaltsam sind, werden Sie im folgenden Bericht erfahren.

Falls Sie sich entschlossen haben, mit der Lektüre fortzufahren, sollten Sie grundsätzlich akzeptieren, dass Sie programmiert sind. Wir alle sind programmiert. Wir befolgen Programme, sowie ein Computer Programme befolgt. Das war zu allen Zeiten so, und daran wird sich auch nichts ändern! Im Übrigen das betrifft nicht nur uns Menschen, sondern jedes Lebewesen ob Pilz, Hund, Echse, Weizen, Rose, Floh, Bakterium oder Frosch, wir alle sind programmiert, programmieren uns hin und wieder sogar selber. Wir Menschen bezeichnen uns widerrechtlich als „Die Krone der Schöpfung", aber in dieser Hinsicht unterscheiden wir uns jedoch keineswegs von der scheinbar unbedeutendsten Lebensform. Jede Lebensform handelt, funktioniert und lebt gemäß seiner Programme.

Die Natur interessiert unsere Befindlichkeit und unsere Empfindlichkeit herzlich wenig. Sie handelt sehr konsequent und pragmatisch. Wenn da eine Kreatur (Biologen sagen eine Art) entsteht, so erhält sie den unmissverständlichen Auftrag, sich zu erhalten und zu vermehren. Dieser Auftrag ist in ihren Genen niedergeschrieben. Das gilt für alle; Ungehorsam wird nicht geduldet! Spielverderber fliegen raus! Diese Gene sind sehr, sehr lange Molekülketten (bis zu ein und zwei Metern!), die DNS. Sie sind der Datenspeicher unserer Programme.

Übrigens, die moderne Computerindustrie versucht neuerdings, die enorme und sichere Speicherkapazität dieser Riesenmoleküle für ihre Zwecke zu nutzen. Es lassen sich einfach Kopien machen.

Der wohl wichtigste Auftrag, dem sich jedes Lebewesen unterziehen muss, ist die Aufforderung zur Erhaltung der Art. Das Individuum scheint der Natur nicht so wichtig zu sein; vielmehr die biologische Informationen, die in allen Individuen der gleichen Art schlummern, sollen auf nächste Generationen weitergegeben werden. Diesem Gebot der Arterhaltung ist das der Selbsterhaltung vorgeschaltet. Denn, wie kann ich die Art erhalten, wenn ich nicht in der Lage bin, mich selbst zu erhalten. Ich muss lernen, mich ausreichend und gesund zu ernähren, meinen Körper zu pflegen und gesund zu erhalten, die Kunst erlernen, mich bei Gefahr zu verteidigen oder rechtzeitig zu fliehen. Beherrsche ich diese Grundvoraussetzungen, werde ich zugelassen, die Art zu erhalten. Versage ich allerdings, so tauge ich auch nicht, meine biologische Information weiterzugeben. Der Biologe nennt das Selektion. Das Ziel der Evolution ist es, Individuen und Arten zu verbessern, anpassungsfähiger und widerstandsfähiger zu machen.

Die Natur wählte zwei Wege, um ihr Ziel der Arterhaltung zu erreichen. Einfache, wenig entwickelte und nicht anpassungsfähige Organismen, wie zum Beispiel eine Vielzahl von Insekten, erhalten ihre Art durch eine Massenproduktion an Individuen. Bei Bedrohungen, z.B. durch veränderte Umweltbedingungen werden zwar viele Individuen absterben. Einige wenige werden aber überleben und ihre Art allein über ihre enorm hohe Populationsrate erhalten. Hoch entwickelte, intelligente Lebewesen werden dagegen auf veränderte Umweltbedingungen, wie zum Beispiel Katastrophen oder extreme Witterungseinflüsse vernünftig reagieren. Sie schützen sich oder weichen zurück. Ihre Intelligenz verhilft ihnen zu einem langen Leben. Es macht keinen Sinn, dass sie ihre eigenen Lebensgrundlagen durch eine hohe Zahl an Individuen selbst gefährden. Einige menschliche Zivilisationen wählten dennoch fatalerweise den gleichen Weg der Massenproduktion wie die Insekten.

Zu Anbeginn allen Lebens bevorzugte die Natur die Methode der Zellteilung, d.h. aus einer Mutterzelle entstanden zwei identische Kopien, zwei Tochterzellen. Varianz und Vielfalt erhält man nicht durch Kopieren eines Originals. Diese Strategie war also nicht sehr effizient. Schließlich fand die Natur den Königsweg: die sexuelle Vermehrung. Zwei geeignete Individuen begegneten einander und verschmolzen ihre biologische Information zu einer einzigen. Bildhaft gesprochen: der Informationsgehalt zweier Festplatten vereinigte sich zu einer einzigen. Dabei werden einzelne Informationen, weil doppelt vorhanden, gelöscht; andere arrangieren sich zu einer einzigen und manches wird neu kombiniert. Varianz und Vielfalt sind nahezu unbegrenzt. Eventuell vorhandene Fehler, wie z.B. schädliche Mutationen, können korrigiert werden. Dies schien eine geradezu perfekte Strategie, um Überlebenschancen, Selbsterhaltung und Arterhaltung zu sichern. Allerdings müssen in diesem Fall zwei Akteure bereit sein, diesen Verschmelzungsakt zu vollziehen.

Beide Partner haben sehr wohl und sehr rasch begriffen, dass sie unterschiedlich große Folgelasten zu tragen hatten. Der eine war nur allzu gern bereit, seinen kleinen Beitrag zu leisten, weil er keine Konsequenzen zu befürchten hatte. Der andere Partner schien benachteiligt: er hatte die ganze Last von Schwangerschaft und Aufzucht über mehrere Jahre zu schultern. Es ist leicht nachzuvollziehen, dass sich aus dieser Erkenntnis unterschiedliche Verhaltensweisen ergeben. Doch wir wollen uns nun konkret dem Menschenpaar zuwenden.

Beide Geschlechter folgen ab einem gewissen Alter ihrem Sexualtrieb. Während des Geschlechtsakts werden beide Partner mit einer gehörigen Portion an Glückshormonen überschüttet. Die sexuelle Vereinigung wird als extrem angenehm empfunden, so dass man sie ständig und gerne wiederholen möchte. Sex macht sehr viel Freude. Doch bei nüchterner Betrachtung erkennt man rasch: Sex ist nichts anderes als eine biologische Falle!

Sex genießt allerhöchste Priorität, denn er dient der Erhaltung der Art. Männern und Frauen fallen dabei unterschiedliche Aufgaben zu. Die Natur hat sie dafür vorbereitet. Der männliche Beitrag zur Arterhaltung dauert aber meist nur wenige Minuten, der der Frau bei Erfolg wenigstens neun Monate. Dieser Zeitspanne schließen sich weitere Monate bis Jahre der Versorgung eines Kleinstkindes an, ein gewaltiger nicht zu unterschätzender Auftrag. Diese Konsequenzen beeinflussen das unterschiedliche Sexualverhalten von Mann und Frau erheblich. Ein weiterer Umstand vergrößert noch diese Kluft der Lastenverteilung zwischen beiden Sexpartnern. Eine Frau erhält im Laufe ihres Lebens nur etwa dreißig Chancen, ihre biologische Information an eine neue Generation weiterzugeben. Der Mann hat dagegen Tausende von Gelegenheiten, seine Gene zu vererben.

Eine Frau produziert im Monat ein einziges Ei. Es ist über einige Tage bereit zur Befruchtung. Der Mann hingegen produziert ständig Millionen von Samenzellen, die nur über sehr kurze Zeit lebensfähig und aktiv bleiben. Die Grenze zwischen Qualität und Quantität verläuft genau zwischen den Geschlechtern.

Aufgrund dieser Gegebenheiten verhalten sich beide Partner bei der Suche nach einem geeigneten Gefährten unterschiedlich. Der weibliche Teil benötigt im Falle einer Schwangerschaft über einen sehr langen Zeitraum Beistand, Unterstützung, Schutz und Ernährung. Dies erwartet sie von ihrem Mann. Der Wunsch nach Treue, Beständigkeit, Harmonie, Häuslichkeit, Verlässlichkeit wird hauptsächlich von Frauen geäußert. In einem solchen günstigen Klima kann die Nachkommenschaft vortrefflich heranwachsen. In früheren Zeitepochen bevorzugte sie den kraftvollen Mann. Muskelkraft versprach Schutz und Erfolg bei der Jagd – eine blendende Gesundheit ließ auf widerstandsfähige Gene schließen. Die Wunschvorstellungen der Frauen haben sich während der Jahrtausende deutlich verändert. Heute gilt Intelligenz, ein gut gefülltes Bankkonto und materielle Sicherheit mehr als strotzende Muskelpakete. Doch nicht alles, was mit materiellem Wohlstand protzt, beweist auch Intelligenz. So mancher reiche Erbenbubi schafft es einigermaßen mühelos nur vom Gameboy zum Playboy.

Auch körperliches Aussehen spielt für Frauen bei ihrer Partnerwahl meist eine untergeordnete Rolle. Für ihre aufopfernde Haltung werden Frauen belohnt: mit Gewissheit. Sie sind sich absolut sicher, dass ein Teil ihrer genetischen

Botschaft in ihren Kindern weiterlebt. Sie hat ihren biologischen Auftrag mit absoluter Sicherheit erfüllt. Frauen scheinen mit einem einzigen Partner ein Leben lang auszukommen, vorausgesetzt er erfüllt ihre Erwartung im Hinblick auf Treue und Verlässlichkeit. Das emotionale Klima, wie Harmonie, und Liebe bestimmt ihre sexuelle Erfüllung. Die modernen Methoden der Empfängnisverhütung erlauben ihr, auch angstfreier mit ihren sexuellen Bedürfnissen umzugehen. Ein fairer und liebevoller Partner wird alles tun, seiner Frau ein solches Ambiente zu schaffen.

Aber da sind nun noch die heiß begehrten Alphamännchen. Ihnen wird höchste Aufmerksamkeit zuteil, sowohl in der Tier- als auch in der Menschenwelt. Was macht sie so begehrenswert? Es sind exponierte Männer aus Politik und Wirtschaft aber auch aus Medien und Sport. Ihr Aussehen spielt kaum eine Rolle; allein die Tatsache, dass sie diese erhabene Position in der Gesellschaft erreicht haben, genügt, um bei manchen Frauen Begehrlichkeiten, das heißt Paarungsbereitschaft zu wecken. Hier eine willkürlich zusammengestellte Liste politischer Alphatiere: sowohl lateinamerikanische als auch nordamerikanische Präsidenten, Ministerpräsidenten Frankreichs und Italiens, Gaddafi, Berlusconi, Hitler und andere...; aus der Welt der Medien und der Popstars: Hugh Hefner, die Beatles, Mick Jagger, und viele andere mehr. Sektenführer jeglicher Provenienz schmückten sich gern mit einer Vielzahl williger Schönheiten. Versuchen Sie, Gala zu lesen und Sie wissen allumfassend Bescheid.

Aber auch im ganz alltäglichen Umfeld folgen Frauen scharenweise dem Befehl der Gene. So ist das mehr oder weniger offen eingestandene Berufsziel der Krankenschwester oder der Pflegerin der Chef- oder zumindest der Oberarzt. Es herrscht generell Damenwahl! Wer wird zur Fortpflanzung zugelassen?

Das weibliche Unterbewusstsein assoziiert zu einem Alphamännchen ein besonders wertvolles Genmuster, das sie ihren eigenen Genen gerne beimischen möchte. In einer Besenkammer soll einem Tennisstar schon einmal sein Samen geklaut worden sein. Wenn's dann doch nicht zu einer Schwangerschaft gereicht hat, dann lässt sich doch allein mit dieser Geschichte in der Regenbogenpresse eine Menge Geld verdienen. Allein der Kuss Putins soll eine junge, unbedarfte Sportlerin veranlasst haben, auf Wunsch Putins eine machtvolle Jugendbewegung zu gründen (Naschi-Bewegung).

Aber auch die männliche Natur unterzieht sich brav der Diktatur der Gene! Er achtet auf ein reiches Angebot spezifisch weiblicher Geschlechtsmerkmale. Diese Fixierung hat sich seit der Frühsteinzeit nicht geändert. Der Mann fühlt sich getrieben, wenn auch meist nur auf der unterbewussten Ebene. Sein geringer Beitrag zur Weitergabe von Leben ist keine Belohnung seitens der Natur wert. Der Sexualakt muss da genügen. Er erhält keine absolute Gewissheit, dass er der Erzeuger seiner Nachkommenschaft ist, für die er jetzt finanziell später so bluten muss. War da jemand vor mir? War da jemand nach mir? War sein Beitrag erfolgreich, meiner nicht? War meine Frau mir treu? Der Mann wird durch Ungewissheit in seinen Grundfesten erschüttert. Hat er seinen biologischen Auftrag erfüllt? Hat er versagt? Rivalität unter Männern ist sehr stark. Wer ist der bessere - auch im Bett? Auf Partys ist er ständig auf der Suche nach Beachtung und potentiell paarungswilligen Partnerinnen. Nur bei einer Vielzahl sexueller Begegnungen ist statistisch die Wahrscheinlichkeit größer, auch einmal einen Treffer zu landen. Häufiger sexueller Verkehr mit ein und derselben Frau verbessert seine Chancen dagegen nicht. Die männliche Neigung zur Polygamie ist nichts anderes als eine Folge der Diktatur seiner Gene. Der Mann kann seine tief sitzenden Zweifel nur

besänftigen, in dem er mit möglichst vielen Frauen Sexual-
kontakte unterhält.

Übrigens nicht nur das menschliche Männchen steckt in
diesem fatalen Dilemma. Auch tierische Männchen sind Ge-
triebene. In der Tierwelt spielen sich zum Teil groteske sogar grausame Szenen ab, nur damit das Männchen seine Gene vorteilhaft platziert. Getrieben durch ihre Gene, töten
künftige Leittiere die Nachkommenschaft ihrer Vorgänger.
Löwinnen sollen dann wieder paarungsbereit sein. Sie paaren sich mit dem Mörder ihrer Kinder. Manche Fische pro-
duzieren Killersperma. Damit begatten sie das Weibchen
oder sie schwimmen über deren Gelege, töten bereits be-
fruchtete Eier und die Spermien eines eventuellen Vorgän-
gers. Erst dann befruchten sie das Gelege erneut.

Aber der Frosch, der Glückspilz unter den Tieren, er kann
sich glücklich schätzen und ganz gelassen seinem Auftrag
zur Arterhaltung ins Auge sehen. Sein Weibchen laicht und
er befruchtet das Gelege ohne Körperkontakt. Ob das allerdings ebenso lustvoll ist, kann man bezweifeln. Aber er ist
sicher, dass er der Erzeuger Tausender süßer Kaulquappen
ist. Warum manche Frösche dennoch ihre Rolle aufgeben,
und sich beim Kuss einer Jungfrau in einen Prinz verwan-
deln, wird ein ewiges Rätsel bleiben. Diese Prinzen verweigern bisher jede Auskunft.

Männer haben eine Chance, alles, was sie vermasselt haben, wieder gut zu machen. Ein fleißiger Ehemann ist der
beste Kosmetiker für seine Angetraute. Dies bewiesen statis-
tische Erhebungen zufolge, die in einer US-amerikanischen
TV-Dokumentation ausgestrahlt wurden. Eine Frau, die ihren Ehemann zu einem äußerst fleißigen Liebesdiener er-
zieht, kann sich den Weg und die Kosten für den Kosmetiker
sparen. Sehr häufige, emotional erfüllende, sexuelle Kontakte senden ein eindeutiges Signal an den gesamten weiblichen

Organismus: „Ich will ein Baby!". Der Körper hat dafür Verständnis und antwortet mit den gesündesten Körperreaktionen überhaupt: eine Top Gesundheit, innere und äußere Schönheit, psychische Stabilität und inneren Frieden. Das sind die besten Voraussetzungen für eine gesunde Schwangerschaft und eine risikofreie Geburt. Diese glücklichen Umstände sind aber nur im Zusammenspiel mit einem dauerhaften und liebevollen Partner zu realisieren. Professionelle Liebesdienerinnen profitieren davon nicht! Eine wirkliche Schwangerschaft ist natürlich nicht notwendig. Das Gehirn sendet wohltuende Botenstoffe (Neurotransmitter) an jede Körperzelle. Dass Sie die Pille nehmen, weiß der Hypothalamus nicht. Liebe ist der einzige und wirkliche Jungbrunnen.

Übrigens, vom Standpunkt der Vermischung der Gene mit dem Ziel, Vielfalt zu schaffen, ist das Fremdgehen der Frauen besonders effizient.

Angesichts dieser Fakten könnte sich unter Eheleuten künftig folgender Dialog abspielen:

Entsetzter Hilfeschrei aus dem Badezimmer: „Hilfe, Liebling, komm mal rasch und sieh dir das an!"

Er (eine Computerzeitschrift lesend): „Verdammte Spinnenviecher, wird man euch denn nie los!"

Er verstand ihren Hilferuf als einen Auftrag zum Mord.

Er eilt ins Badezimmer. Sie steht bei voller Beleuchtung vor dem Badezimmerspiegel.

Sie: „Sieh dir da die Fältchen an meinem Auge an!"

Er: „Ich kann nichts erkennen!"

Sie: „Dann sieh genauer hin!"

Er (sich vorbeugend): „Ich kann trotzdem nichts erkennen, Schatz!"

Sie: „Dann ist ja alles gut! Aber es könnte sich da ein Fältchen bilden. Dem sollten wir vorbeugen. Ich möchte dich daher jetzt sofort um eine zusätzliche Behandlung bitten!"

Er: „Aber Schatz, es ist doch noch nicht heute Abend!"

Sie: „Dies ist eine sehr ernste Angelegenheit. Wir sollten dieses noch nicht existierende Fältchen im Auge behalten. Das ist gewissermaßen ein Notfall. Ich brauche deine Hilfe. Eine Behandlung außerhalb der gewohnten Zeit würde mir jetzt sehr gut tun. Wir brauchen ja deshalb unser Liebesspiel heute Abend nicht ausfallen lassen."

Sie hatte ihn bereits mit zahlreichen kleinen Küsschen und zielorientierten liebevollen Berührungen für sich gewinnen können. Außerdem war ihr Badetuch zu Boden gefallen. Da sollte man ohnehin nicht länger herumdiskutieren.

Sybille hat Grund zur Sorge

Allerdings, Sybille hatte allen Grund zur Sorge. Sie wusste nicht mehr ein, nicht mehr aus. Wem sollte sie sich anvertrauen? Ihre Freundin hatte gewiss kein Verständnis für sie. Außerdem brauchte sie gerade jetzt Kompetenz, Sachverstand, sachdienliche Hilfe – kein Geschwätz! Vielleicht professionelle Hilfe, jemand, der ihr wirklich aus dem Verhau ihrer Gefühle heraushilft? Gewiss, dass würde eine Stange Geld kosten bei diesem Gebirge an Sorgen, das auf ihr lastete. Aber sie musste dadurch; sie war es sich wert; sie musste all dies loswerden, sich befreien! Und sie machte einen Termin bei dem bekanntesten Psychotherapeuten in der ganzen Stadt, bei Professor Dr. multiple Dr. h.c. Dipl.-Psych. Josef Knall.

Professor Knall war eine imposante, charismatische Erscheinung. Er wandte sich an seine junge, etwas schüchterne, hübsche Klientin, die nach einigem Zögern nun vor ihm auf einer Couch lag:

„Frau Spitz, wenn Sie es wünschen, können wir unser Gespräch auf Band aufzeichnen. Sie haben dadurch die Möglichkeit, es sich später noch einmal anzuhören und Sie können sich selbst fragen, warum Sie diese oder jene Frage so und nicht anders beantwortet haben. Sie können sich damit selbst auf die Schliche kommen und herausfinden, wo Sie unbewusst die Unwahrheit gesagt haben und vor allem warum. Das Ziel unserer gemeinsamen Arbeit soll es sein, Unbewusstes bewusst zu machen. Also, wollen Sie unser Gespräch aufzeichnen?"

„Ja bitte!" sagte Frau Spitz nervös. Josef Knall griff in eine Schublade, entnahm ihr eine Kassette, beschriftete sie gewissenhaft, schob sie in einem bereitstehenden Kassettenrekorder und drückte den Aufnahmeknopf.

„Nun, Frau Spitz, oder soll ich Sie bei Ihrem Vornamen nennen?" Josef Knalls Stimme klang jetzt warm und Vertrauen schaffend.

„Ja bitte! Nennen Sie mich Sybille!" sagte sie.

„Also gut, Sybille! Warum sind Sie zu mir gekommen? Wo wissen Sie nicht mehr weiter?"

„Ach, ich weiß nicht, wo ich anfangen soll!"

„Sprechen Sie einfach aus, was Ihnen so im Kopf herumgeht!" ermunterte er sie.

Es entstand eine kleine Pause. Sie zupfte ihren kurzen, sehr kurzen Rock etwas zurecht und atmete heftig. Dann sagte sie: „Mein Mann liebt mich nicht mehr!"

„Hm!" sagte Professor Knall. „Und woraus schließen Sie das? Sie sind doch eine sehr hübsche, anziehende Frau!"

„Finden Sie?" ein Lächeln huschte über ihr Gesicht.

„Warum glauben Sie, dass Ihr Mann Sie nicht mehr liebt?" wiederholte Professor Knall seine Frage.

„Ich glaube es nicht! Ich weiß es! Ich bin mir sicher!" sagte sie bestimmt.

„Hat er sein Verhalten Ihnen gegenüber verändert?" variierte Professor Knall seine Frage.

„Und ob! Und wie er sich verändert hat!" sagte Sybille heftig.

„Wie hat er sich verändert?" Professor Knalls Geduld kannte keine Grenzen.

Sybille zögerte, als wollte sie ihr Geständnis nicht preisgeben. Professor Knall wartete.

„Er...," sie zögerte wieder. „Er vernachlässigt mich!" druckste sie herum.

„Was heißt das?" wollte er wissen.

Sie schwieg lange und dann schoss es plötzlich und vehement aus ihr heraus: „Mein Gott! Ist das denn so schwer zu verstehen? Er schläft kaum noch mit mir!"

„Ach so!" kommentierte Professor Knall gelassen ihre Antwort. „Verstehen Sie, Sybille, wir benötigen eine präzise Sprache, um den Dingen auf den Grund zu kommen. Es hilft uns nicht weiter, um den heißen Brei herumzureden. Ich brauche möglichst genaue Informationen, um mich in Ihre Lage hineinversetzen zu können. Antworten Sie bitte also so genau wie möglich. Es gibt keinen Grund, sich wegen irgendetwas zu schämen. Nichts ist peinlich!" belehrte er sie. „War es denn schon einmal anders? Gab es eine Zeit, in der er Sie nicht vernachlässigt hat?"

„Ja natürlich!" antwortete sie rasch. „Vor unserer Heirat und dann noch etwa zwei Monate nach unserer Eheschließung!"

„Wie lange sind Sie denn schon verheiratet?"

„Etwa vier Monate!"

„Das ist noch nicht sehr lange!"

„Eben!"

„Glauben Sie, dass er eine Geliebte hat?"

„Auf keinen Fall!"

„Sind Sie sicher?"

„Ja natürlich bin ich mir sicher! Eine Frau spürt so etwas!"

„Ja davon habe ich auch schon gehört!" sagte Professor Knall etwas ratlos. Er musste ihr auf andere Weise beikommen. „Haben Sie Ihren Mann denn schon einmal daraufhin angesprochen, dass Sie unter seinem mangelnden Interesse an Ihnen leiden?"

„Aber natürlich habe ich das! Und das nicht nur einmal!"

„Wie haben Sie mit ihm gesprochen? Waren Sie einfühlsam oder haben Sie ihm Vorwürfe gemacht oder haben Sie ihn beschimpft und fertig gemacht?"

„Ich habe alles versucht! … und noch viel mehr. Ich hab' es mit Liebe und Härte versucht. Ich habe versucht, ihn mit allen Mitteln zu verführen!"

„Und? Wie reagierte er darauf?"

„Er sagte, er habe einfach keine Lust!"

„Schön! Wie oft schlafen Sie denn jetzt so miteinander?"

„Ist das denn so wichtig? Wichtig ist doch nur, dass es mir nicht reicht!" erwiderte Sybille.

„Bitte Sybille! Ich muss mir ein Bild machen können!" sagte der Psychologe Knall geduldig.

„Na schön! Wenn Sie's genau wissen wollen. Dreimal so im Durchschnitt!"

„Aber das ist doch durchaus im Rahmen des allgemein Üblichen." beruhigte sie Professor Knall. „Die meisten Eheleute schlafen sehr viel weniger als dreimal die Woche miteinander."

„Wie soll ich das denn verstehen? Was interessiert mich das allgemein Übliche? Dreimal die Woche ... nehmen Sie mich überhaupt ernst, Herr Professor? Wir schlafen jetzt in dieser kargen Zeit der Krise dreimal am Tag miteinander!" Sybille klang erbost.

Der Professor schluckte. Er dachte in anderen Kategorien. Er versuchte, sich auf seine Klientin neu auszurichten: „Hm! Und früher, sagten Sie, sei das anders gewesen?"

„Oh ja! Da kam ich auf meine Kosten. Da schliefen wir sechs- bis achtmal am Tag zusammen, an Wochenenden sogar noch öfter. Robert war großartig. Ich war begeistert! Zum ersten Mal in meinem Leben war ich so richtig zufrieden und rundum satt und glücklich. Darum habe ich ihn doch auch geheiratet!" strahlte Sybille verklärt durch Erinnerungen.

„Hm!" sagte Professor Knall wenig einfallsreich. „Und wie war es, bevor Sie Ihren Robert kennen lernten?"

„Ach, erinnern Sie mich bitte nur nicht an diese harte Zeit des dauernden Verzichts!" bat Sybille bitter. „Ständig musste ich mir jemanden suchen, der mir meinen Hunger stillte. Aber der kleine Hunger zwischendurch? Und was waren da für Dilettanten darunter, dachten nur an sich. Haben Sie überhaupt eine Vorstellung von dem, was es heißt, unbefriedigt zu sein? Ich wurde fast wahnsinnig. So ist nun mal mein Naturell. Andere Frauen stopfen Kuchen oder Süßigkeiten in sich hinein. Daher war ich so froh, als ich Robert für mich gewinnen konnte. Und als ich um seine Hand anhielt, willigte er sofort ein. Ich glaubte, jetzt sei endlich Schluss mit diesem entwürdigenden Betteln um ein paar Brotkrumen."

„Seit etwa zwei Monaten, sagten Sie, habe sich ihr Mann verändert. Ging das schlagartig?"

„Nein, sein neues Verhalten schlich sich allmählich ein. Ich hatte sogar anfangs Verständnis, wenn er sagte, er müsse etwas an seinem Porsche reparieren. Dann fummelte er aber immer häufiger an dieser Maschine herum. Ich wurde richtig eifersüchtig, dann wurde ich richtig misstrauisch. Immerhin ist ein solches Auto ein Spitzenprodukt deutscher Ingenieurskunst, da gibt es nichts zu reparieren. Und es so häufig zu waschen, ist auch völlig unnötig. Ich wurde richtig zickig; immerhin gibt es an mir viel mehr herumzufummeln als an dieser blöden Blechkiste. Manchmal habe ich sogar schon gegen die Reifen von diesem Ding getreten, so dass er es sehen konnte. Aber sein Verhalten veränderte sich nicht. Eher im Gegenteil, ich beobachtete ihn, wie er mit dieser toten Maschine sprach und zärtlich über das Heck streichelte, während mein Heck unbeachtet blieb. Ich erzähle Ihnen das nur so ausführlich, damit Sie sich ein Bild davon machen können, was in mir vorgeht!"

„Sie machen das großartig, Sybille!" lobte Professor Knall. „Haben Sie es denn auch mal mit Liebe und Verständnis versucht?"

„Aber natürlich!" sagte Sybille eifrig. „Ich habe alles versucht, alles, was das Repertoire einer bemühten, fantasievollen, vernachlässigten Frau so hergibt!"

„Und wie reagierte er?" fragte der Psychologe.

„Er zeigte nicht das geringste Verständnis für meine Not. Er meinte wenig einfühlsam, dass selbst ein Festessen, das man täglich serviert bekommt, auf die Dauer fade schmeckt. Das war hart! Ich und fad! Dann habe ich ein paar Varianten in unseren Speisezettel eingebracht und vorübergehend hatte er wieder Appetit. Besonders wenn die Kost etwas herber gewürzt war, wenn Sie verstehen, was ich meine?!"

„Ich glaube schon!" sagte Professor Knall, wenn er auch insgeheim ganz gerne etwas mehr über diese Details erfahren hätte.

„Aber bald schon war dieser alberne Porsche wieder interessanter. Verstehen Sie, ich komme morgens einfach nicht aus dem Bett, wenn Robert nicht meinen Kreislauf in Schwung bringt."

„Haben Sie es mal mit Kaffee versucht?" fragte der Psychologe.

„Ich muss doch wohl sehr bitten, Herr Professor! Kaffee ist ungesund für den Magen. Außerdem tut ein bisschen morgendliche Gymnastik auch Robert gut. Er tut da was für seine Gesundheit; aber das will er einfach nicht einsehen. Auch nach dem Mittagessen geht mein Kreislauf wieder runter. Da tut eine Auffrischung ganz gut. Wenn Robert abends nach der Arbeit nach Hause kommt, versteht er neuerdings unter Happy Hour etwas ganz anderes als ich. Er erwartet einen Drink und ich einen ...! Sie verstehen, was ich meine?"

„Natürlich Sybille! Ich verstehe, was Sie meinen!" beruhigte sie der Psychologe. „Und weiter?"

„Ohne eine gründliche Versorgung vor dem Einschlafen, quälen mich erotische Träume und ich kann nicht durchschlafen. Dann muss ich Robert wecken, um Versäumtes nachzuholen. Oft weist er mich zurück. Dann bin ich morgens völlig daneben; mein Kreislauf liegt vollkommen darnieder, dann muss sich Robert ganz schön anstrengen, um mich wieder anzukurbeln. Aber er ist selber schuld. Finden Sie nicht auch?"

„Natürlich!"

„Aber trotz all meiner Appetithäppchen hat sich nichts auf Dauer verändert. Wieder kümmerte er sich mehr um seinen Blechhaufen als um mich. Da habe ich es mit dem Gift der Eifersucht versucht. So etwas soll ja Männer derart in Fahrt bringen..."

„Das ist aber ein ganz übles Spiel!"

„Ich weiß! Aber was sollte ich denn machen?" sagte Sybille unschuldig. „Ich rief den Kundendienst für unsere Waschmaschine an und sagte, die Waschmaschine sei defekt und eingebaut, sie sollen einen jungen, kräftigen Mann schicken. Sie kamen zu zweit. Die Waschmaschine war natürlich in Ordnung. Sie reparierten mich, um nicht wieder unverrichteter Dinge von dannen ziehen zu müssen. Als sich in den folgenden Wochen die Rechnungen für Reparaturen an unserer Waschmaschine häuften, wurde Robert stutzig. Er erklärte mir, dass man bei erfolglosen Reparaturen einen Anspruch auf Nachbesserung habe. Da erzählte ich ihm, dass es unserer Waschmaschine noch nie besser ging und dass es ihr noch nie an etwas gefehlt habe. Da knallte er mir eine und nannte mich eine läufige Hündin. Ist das nicht schrecklich?"

„Da ist er tatsächlich etwas zu weit gegangen."

„Da haben Sie Recht! Aber immerhin, er lief wieder zu alter Höchstform auf. Und ich war nur allzu gern bereit, ihm zu vergeben. Immerhin hatte ich ja auch nur in Notwehr gehandelt. Den Firmenservice brauchte ich jedenfalls nicht mehr zu bemühen. Dann wurde er wieder mauliger; er behauptete sogar, ich würde ihn langweilen. Sein Porsche sei da viel unterhaltsamer. Das war ein starkes Stück. Dabei hat sich gewiss keine Frau mehr einfallen lassen als ich, um ihn mit meinen Künsten zu erfreuen. Ich übte sogar das Motorengeräusch seines Porsches ein, um ihn damit im Bett zu überraschen. Anstatt sich darüber zu freuen, spielte er den Entsetzten, als hätte ich sein Allerheiligstes entweiht."

Professor Knall schmunzelte bei der Vorstellung, von der Partnerin statt Laute der Lust plötzlich das Röhren eines Porsches bei erhöhter Drehzahl zu hören.

„An einem total verregneten Wochenende im letzten Winter, an dem man nun wirklich nichts anderes tun konnte, als im Bett zu bleiben, gelang es mir nach einigen erfolgreichen Begegnungen plötzlich nicht mehr, sein wichtigstes Körperteil aufzurichten. Ihn schien das nicht im Geringsten zu stören. Für Männer ist das für gewöhnlich ein Anlass zu ernster Sorge. Aber für solche Fälle hatte ich schon vorgesorgt. Ich kochte ihm eine Tasse Tee und löste darin eine ‚Viagra‘ auf. Dann wartete ich etwa eine Stunde, so wie es auf dem Waschzettel stand. Danach waren wir beide überrascht. Zwei volle Stunden konnte ich mich mit ihm ohne Unterlass vergnügen. Er war stolz wie ein Hahn. Allerdings klagte er über starkes Herzrasen. Daher griff ich nur in allerhöchster Not zu diesem Mittel. Kürzlich kam er dahinter. Eiskalt sagte er zu mir, ich wolle ihn umbringen und er werde die ganze Geschichte bei einem Notar hinterlegen, dass, falls ihm etwas zustoßen sollte, man sogleich wüsste, wer hinter dem Anschlag stecken würde.“

„Ja, es scheint, dass Sie da etwas zu weit gegangen sind!“

„Sie haben ja Recht!“ schluchzte jetzt Sybille. „Ich sehe das ja auch ein, zumal er mich jetzt mit kalter Nichtbeachtung straft. Nur wenn er wollte, erwies er mir die Ehre. Ich wagte nicht mehr, mich zu beklagen.“

Sybille weinte bitterlich und Professor Knall reichte ihr sein großes blütenweißes Taschentuch. Getreu der alten psychologischen Faustregel ‚Tränen reinigen!‘ wartete er das Versiegen des Tränenstroms ab. Als er spürte, dass seine Klientin wieder bereit war, Fragen entgegen zu nehmen, fragte er: „Ist dies nun der letzte Stand der Dinge?“

Sybille schüttelte energisch den Kopf und ein neuer Tränenfluss drohte auszubrechen. Professor Knall beugte vor: „Nur Mut, Sybille, erzählen Sie, was weiter geschah!"

„Ich weiß nicht, wie ich beginnen soll!" begann sie stockend. „Es ist mir so peinlich!" Sie zupfte an ihrem kurzen, sehr kurzen Rock.

„Soll ich Ihnen einen Kaffee bringen lassen?"

„O nein danke. Das macht mich nur noch nervöser!"

„Oder ein Glas Wasser?"

„O ja, ein Glas Wasser, bitte!"

Professor Knall reichte ihr ein Glas kühles Wasser. „Machen Sie sich keine Sorgen Sybille, alles was Sie mir erzählen werden, bleibt selbstverständlich unter uns."

„Ich habe nämlich mit niemanden bisher darüber gesprochen, auch nicht mit Betty. Betty ist meine beste Freundin, müssen Sie wissen. Kann auch Ihre Sekretärin nicht mithören?"

„Nein, bestimmt nicht! Seien Sie also unbesorgt." ermunterte er sie. Er nahm wieder hinter seinem Schreibtisch Platz. Sie zögerte noch immer. Sybille nippte einen winzigen Schluck Wasser und zupfte wieder an ihrem Rock. Professor Knall wollte ihr den Einstieg erleichtern und lenkte sie auf ein anderes Thema als er fragte: „Sind Sie nicht die Dame, der dieser wunderschöne Garten gehört. Ich bin einmal daran vorbeigefahren. Ich habe extra angehalten, um ihn mir genauer anzusehen. Er ist wirklich unglaublich schön, wie ein Paradies."

„O ja, das ist mein Garten. Er ist mein Ein und Alles. Es macht mich glücklich, zu sehen, wie alles wächst und blüht.

Ich verwende nur etwas natürlichen Dünger, sonst nichts. Es freut mich, dass er Ihnen gefällt."

„Ich habe mich seinerzeit direkt erkundigt, wem dieses Wunderwerk gehört und da hörte ich zum ersten Mal Ihren Namen!"

Sybille lächelte versonnen. Dann gab sie sich einen Ruck und sah Professor Knall direkt an. „Darf ich Sie etwas fragen, ich meine, als Mann etwas fragen?"

„Aber natürlich! Schießen Sie los!" ermutigte er sie.

„Finden Sie, dass ich eine attraktive Frau bin?"

„Aber ganz gewiss sind Sie das! Ich sagte das bereits, wenn Sie sich erinnern, Sybille. Ich habe nur ganz selten eine solch hübsche und gepflegte Frau gesehen, wie Sie es sind!" sagte er charmant, aber er meinte es ehrlich.

Sie lächelte und fand ihre Selbstsicherheit wieder. „Wenn *Sie* das sagen...". Es entstand eine kleine Pause. „Was ich zu sagen habe, hängt mit meinem Garten und mit meinem Mann zusammen."

„Das ist ja eine eigenartige Kombination! Ich verstehe nicht, worauf Sie hinaus wollen. Helfen Sie mir bitte, verehrte Sybille, Sie besser zu verstehen. Sie machen es mir schwer, Ihnen zu folgen!" Professor Knalls Stirn war ein zerfurchter Acker. Dahinter herrschte Ratlosigkeit.

„Nun, ich versuchte, es Ihnen bereits mit meinen Worten zu erklären. Es hängt mit meinem Garten zusammen und mit meinem Mann." Sie dachte, warum sind Männer nur so schwer von Begriff. Gab es ihn denn wirklich, diesen angeborenen Schwachsinn des männlichen Geschlechts?

Er vermochte dieses Puzzle beim besten Willen nicht zu lösen. Was hatten Robert und ein Garten gemeinsam?

„Es tut mir außerordentlich Leid, Sybille, aber ich verstehe Sie nicht!"

Sybille sank in sich zusammen: „Das ist schade! Dabei hatte ich so sehr gehofft, dass gerade Sie mich verstehen werden." Sybille spielte, als sei sie wieder den Tränen nahe.

„Ein paar kleine zusätzliche Informationen, vielleicht, Sybille, und schon wird ein solch begriffsstutziger Trottel, wie ich es leider bin, auch verstehen!" Professor Knall lächelte sein gewinnendes Lächeln.

„Nun, dann muss ich von vorne beginnen. Ich sitze oft in meinem Garten und betrachte all die vielen Blumen und sehe, wie sie blühen und wie sie verblühen. Dann sehe ich mich auch als eine Blume, die blüht und bald verblühen wird. Mein Mann scheint das zu ignorieren. Sie sagten doch selbst, dass ich eine attraktive Frau sei. Aber wie lange noch? Ich spreche oft zu meinen Pflanzen und sage ihnen, wie schön sie sind. Mich dagegen beachtet mein Mann kaum noch, geschweige denn, er sagt zu mir, dass ich schön sei und dass er mich begehrt." Sybilles Stimme klang traurig und sie umklammerte das Taschentuch.

Professor Knall sah sich veranlasst, erneut Trost auszusprechen, Mut zu machen: „Sybille, die schönsten Blumen, die es auf unserer Erde gibt, blühen in der Verborgenheit der tropischen Urwälder, ohne dass sie jemals ein menschliches Auge zu Gesicht bekommt."

Sybille sah ihn fassungslos an. Er spürte, dass sein Versuch, sie zu ermutigen, nicht angekommen war.

„Aber hin und wieder kommen Insekten und bestäuben sie." schluchzte Sybille.

„Darf ich Ihre Äußerung dahingehend interpretieren, dass Sie diesen Mangel an Bestäubung beklagen?"

Sie sah ihn an mit großen Augen aber dementierte nicht. Sie fühlte sich verstanden.

So fuhr er fort: „Sie haben vollkommen Recht, Sybille. Es ist grausam, Schönheit nicht wahrzunehmen!"

„*Sie* haben mich wahrgenommen!"

„Das ist richtig!"

„Das gibt mir Trost!" Sie sah erwartungsvoll zu Professor Knall. Er schien nicht zu verstehen, er blieb unberührbar.

„Gut Sybille, ich werde versuchen, mit Ihrem Mann zu sprechen. Ich werde ihn anrufen und ihn bitten, mich einmal aufzusuchen.

„Wenn Sie meinen ...!" Sie gab zu verstehen, dass dies nicht der Weg sei, den er beschreiten sollte. Doch Professor Knall begriff noch immer nicht. Sybille wagte einen weiteren Vorstoß. Sie schnäuzte demonstrativ ihr Näschen. Ihr Blick deutete an, dass ihr noch immer nicht Erleichterung widerfahren war: „Es fällt mir schwer, darüber zu sprechen, aber Sie sollen erfahren, welches Ausmaß das bereits angenommen hat."

Sie machte eine Pause, dann erzählte sie: „Einmal, da saß ich wieder in meinem Garten und sah unentwegt auf eine Blüte. Immer wieder kamen Bienen und tauchten kopfüber in den Blütenkelch. Sie krabbelten mit ihren sechs haarigen Beinchen und ihren beiden Fühlern darin herum. Ich konnte förmlich spüren, welche Wonnen die Blüte dabei empfand, so dass ich eine Gänsehaut bekam. Mir wurde ganz anders. Etwas zwang mich, auch zu einer Blüte zu werden. Ich legte mich ins Gras. Und damit mein Kleid keine Grasflecken abbekam, zog ich es aus." Sybille machte eine Pause.

„Und?" fragte Professor Knall und sie glaubte, Neugier in seiner Stimme schwingen zu hören.

„Und damit meine Unterwäsche keine Grasflecken abbekam, zog ich auch diese aus." Wieder machte sie eine Pause.

„Und?"

„Ich wartete ..."

„Und was geschah?" Jetzt war ganz deutlich die Neugier in seiner Stimme herauszuhören.

„Ein großer brauner Käfer bestieg meinen Unterarm."

„Und?"

„Und? Ich setzte ihn an die richtige Stelle!"

„Oh!" entfuhr es Professor Knall.

„Finden Sie das nicht skandalös?"

„Skandalös? Wieso?"

„Dass ich als verheiratete Frau einen großen Käfer bemühen muss, um mir ein klein wenig Wohlbehagen zu verschaffen?"

„Da haben Sie Recht, Sybille! Das ist allerdings skandalös!" pflichtete ihr der Professor bei.

Sybille sprach erst nicht weiter, dann fügte sie hinzu: „Nachdem ich dieses Wohlbehagen auch noch genossen hatte, war ich so erschrocken, dass ich mich spontan entschloss, Sie, verehrter Professor, aufzusuchen.

„Ich verspreche Ihnen, schon sehr bald mit Ihrem Mann zu sprechen." sagte Professor Knall.

Sybille sank sichtbar in sich zusammen. Dieser Vorstoß war gescheitert. Sie signalisierte Resignation, sah wie unbeteiligt aus dem Fenster und war dennoch nicht bereit aufzugeben. Mit einer nicht zu übertreffenden Leidensmiene erhob sie sich und zupfte wieder einmal ihren kurzen, sehr kurzen Rock zurecht. Sie gab ihm Zeit, sich zu besinnen, initiativ zu werden.

„Ach Sybille, was ich Sie noch fragen wollte ...“

„Ja?“ erwartungsvoll drehte sie sich um, setzte sich gekonnt auf den Stuhl vor dem monströsen Schreibtisch und präsentierte ihr bezauberndstes Lächeln.

„Wenn das Zusammenleben mit Ihrem Mann bereits solche Formen angenommen hat, warum lassen Sie sich denn nicht einfach scheiden? Das bietet sich doch geradezu an! Das wäre doch die einfachste Lösung!“

Diese Frage enttäuschte sie maßlos. Ihre Augen funkelten wild und böse: „Sie schlagen mir allen Ernstes vor, dass ich mich scheiden lassen soll? Haben Sie mir denn nicht zugehört? Soll ich es etwa zulassen, dass Robert sich in Zukunft mit einer anderen Frau vergnügt? Das ist mir unerträglich! Warum habe ich wohl ausgerechnet Sie aufgesucht? Robert soll nicht nur aus meinem Leben verschwinden, er soll vollkommen verschwinden. Der Gedanke, er könnte mit einer anderen Frau glücklicher sein als mit mir, würde mir ein Leben lang Höllenqualen bereiten. Ich möchte Folgendes andeuten: Ich vermute, dass ich nach dem Ableben meines Mannes mit der Auszahlung einer höheren Summe aus seiner Lebensversicherung rechnen darf. Ich bin gerne bereit, mit Ihnen zu teilen.“

Professor Knall war es gewohnt, mit solchen Argumenten konfrontiert zu werden. Im Laufe seines Berufslebens als Psychotherapeut hatte er schon oft Gelegenheit gehabt, in die finstersten Winkel der menschlichen Seele zu blicken. Anfangs hatte es ihn erschreckt, was er dort so alles zu sehen bekam. Später kam er zu der Erkenntnis, dass in jedem von uns die übelsten Fantasien, die grausamsten Instinkte schlummern. Wehe, wenn sie geweckt werden! Er hielt den

Menschen zu allem fähig. Ein Blick zurück auf die Geschichte der Menschheit, gab ihm Recht. Warum sollte sich das gerade jetzt in unserer modernen, scheinbar so reibungslos funktionierenden Zivilisation geändert haben? Die Zeitungen und Journale sind doch randvoll mit Berichten des Grauens auf allen Ebenen. In intakten Familien entwickeln sich Terroristen, nicht nur in einem fernen, muslimischen Land, auch hier bei uns. Der Terrorist schlummert in jedem von uns. Jeder von uns ist ein „Schläfer". Er, Professor Dr. multipel Dr. h.c. Dipl.- Psych. Josef Knall, war seinerzeit mit seiner geballten akademischen Power angetreten, diese düsteren Schmuddelecken der menschlichen Psyche auszumisten und nichts unter den Teppich zu kehren. Seiner Klientin gab er im Augenblick nur noch das eine zu bedenken:

„Sybille, haben Sie denn auch bedacht, dass, wenn Ihr Robert für Sie nicht mehr verfügbar ist, Sie dann auch auf sein in Ihren Augen reduziertes Interesse an Ihnen ganz verzichten müssten? Manchmal ist eben der Spatz in der Hand besser als die Taube auf dem Dach!" zitierte der Professor eine alte deutsche Weisheit.

Sybille strahlte ihn an: „Natürlich habe ich daran gedacht! Glauben Sie etwa, ich beraube mich ohne Not meiner Grundversorgung?"

„Und wie?" Professor Knall war ernsthaft neugierig.

„Nun, ich werde, wenn es denn so weit ist, in Roberts Büro gehen müssen, um seine Sachen abzuholen. Robert hat einige sehr schmucke Kollegen. Ich hatte bereits das Vergnügen, mit einigen ... Also, kurz gesagt, ich bin auch in Zukunft bestens versorgt! Und wer kann einer trauernden Witwe schon eine tatkräftige Unterstützung verweigern? Ganz gezielt, werde ich lange und effektvoll trauern." Sybille lächelte voll ungeduldiger Erwartung und begeisterter Vorfreude still in sich hinein.

„Hm! Na schön! Dann können wir es damit bewenden lassen und unsere Unterredung beenden." Er wandte sich dem kleinen Kassettengerät zu, um es abzuschalten. Dieser winzige Augenblick des Unbeobachtetseins verstrich nicht ungenutzt. Blitzschnell und geschickt wie eine Katze war Sybille unter dem Schreibtisch hindurch und unmittelbar vor ihrem geduldigen Zuhörer wieder aufgetaucht. Schon saß sie auf seinem Schoß. Ihr kurzer Rock behinderte sie in keiner Weise. Schon war die Bluse geöffnet, um die Blicke des Opfers zu bannen. Die momentane Erstarrung des Überrumpelten nutzte sie gekonnt aus, um sich schamlos an ihm zu schaffen zu machen. Als er versuchte, seinen Protest vorzubringen, verschloss sie ihm den Mund.

„Aber Professorchen, wir können uns doch nicht auf solch herzlose Weise verabschieden, nachdem ich Ihnen so viele intime Dinge von mir anvertraut habe."

Ihre Hand überprüfte kurz und professionell ihr Werk und war zufrieden. „Sehen Sie Professorchen, es gefällt Ihnen doch, Ihre Augen etwas weiden zu lassen. Was soll denn all dieses theoretische Gerede, wenn es an der viel anschaulicheren Praxis mangelt. Ohne diesen winzigen Anschauungsunterricht können Sie sich ja gar kein richtiges Bild von mir machen."

Sie griff mit beiden Händen in sein volles Haar und begann, sich nach Herzenslust an ihm zu vergnügen. Er setzte ihrer Attacke nunmehr keinen nennenswerten Widerstand mehr entgegen; er ließ sich willenlos besiegen. Artig zeichnete der Rekorder all die unartikulierten Laute auf das schmale, dunkelbraune Band der Kassette. Sybille wird sich alles in Ruhe zu Hause noch einmal anhören können.

Als sie nach begangener Tat dann schließlich den Raum verließ, schenkte sie ihm ein gewinnendes Lächeln: „Falls ich noch Fragen haben sollte, werde ich Sie gerne noch einmal aufsuchen!"

Professor Knall geleitete sie noch etwas verdattert und mit erweichten Knien an die Tür zu seiner Praxis. Als sich die gepolsterte Tür zum Sprechzimmer öffnete, scannte die Sekretärin, Frau Farblos, mit raschem, geübtem Blick die beiden Herauskommenden. Sie empfand dies als ihre Aufgabe als Sekretärin. Ihr Chef sollte stets eine makellose Erscheinung abgeben. Sie sprang auf und raunte ihm einen Hinweis ins Ohr. In der Tat, ein kleiner weißer Zipfel des Hemdes lugte aus einer Öffnung, die für gewöhnlich sorgsam verschlossen gehalten wird. Mit einem leise gebrummten ‚Danke' korrigierte der Chef flink den Makel. Auch die junge Dame bedurfte einer Korrektur ihrer Garderobe.

„Gnädige Frau!" Die Sekretärin beherrschte gesellschaftliche Umgangsformen. „Ihre Bluse ...!" flüsterte sie. Sybille erkannte sofort, was sie in der Eile und ohne Spiegel nicht so ganz richtig gemacht hatte. Sie öffnete noch einmal ohne Umstände ihre Bluse und knöpfte sie in der richtigen Reihenfolge wieder zu. Ein kleines Augenzwinkern in Richtung des Professors und Sybille trippelte Hüften schwingend davon.

Frau Farblos war, wie der aufmerksame Leser vielleicht glauben könnte, nicht sonderlich überrascht. Solche Dinge kamen gelegentlich, wenn auch nur äußerst selten, bei ihrem Chef vor. Sie nahm ihm das nicht übel. So etwas brachte sein Beruf eben so mit sich. Sehr viel häufiger fanden sich Spuren von Make-up und feuchte Flecken vergossener Tränen irgendeiner Kundin auf der Hemdbrust ihres Chefs, ähnlich den Ölflecken auf dem Overall eines Mechanikers, der den ganzen Tag unter diversen Autos liegt. Frau Farblos deutete solche Indikatoren als eine gewisse leidenschaftliche Hingabe ihres Chefs an seine Arbeit. Wo eben, so wie heute, gehobelt wird, da fallen eben auch Späne. In der dichten Atmosphäre einer gelungenen Therapiestunde da kommen sich Therapeut und Klient ganz zwangsläufig näher. Darüber ein Aufheben zu machen, wäre verschwendete Zeit. Niemand wundert sich über einen Farbspritzer auf der Berufskleidung eines Malers. Warum sich über einen unachtsam verpackten Hemdzipfel oder eine leidenschaftlich genutzte Hemdenbrust erregen?

„Danke, Frau Farblos!" sagte der Professor freundlich und zog sich in sein Arbeitszimmer zurück. Frau Farblos liebte ihren Chef, weniger mit dem Begehren und dem Besitzanspruch einer Frau als vielmehr wie eine Tochter ihren Vater liebt. Sie würde für ihn jederzeit durchs Feuer gehen. Da er nicht verheiratet war und sich auch sonst wohl keine weibliche Aufsichtsperson in seinem Leben befand, übernahm sie stillschweigend die Aufgabe, für sein Äußeres verantwortlich zu zeichnen. Zwischen ihnen beiden herrschte ein stiller Akkord des sich gegenseitig Respektierens und Ergänzens. Sie wusste auch, was jetzt geschehen würde, ohne dass er das hätte erwähnen müssen. Jetzt wünschte er keine Telefonate oder andere Formen des Störens, unter keinen Umständen. „Selbst wenn das Haus in Flammen steht!" hatte er einmal gesagt. Bisher hatte Frau Farblos es verstanden, dies gegen den Rest der Welt durchzusetzen. Sie wusste auch, was sich jetzt hinter der gepolsterten Tür abspielte. Jetzt begann die eigentliche Arbeit des lange Zeit verkannten aber nun doch sehr beachteten Psychotherapeuten Professor Dr. Josef Knall. Nicht Allen ist der Erfolg nach dem ersten Start vergönnt. Gesegnet sind die, die nach einem Fehlstart nicht aufgeben! Verdammt seien jene, die nach einem Fehlstart sich aufs Maulen und Resignieren beschränken und von nun an die verständnislose Umwelt für ihr eigenes Scheitern, besser ihr eigenes Unvermögen verantwortlich machen.

Josef Knall zog sich in diesem Augenblick nicht nur in sein Arbeitszimmer sondern auch in sein Inneres zurück. Auf fest vorgezeichneter Route durchschritt er jetzt mehrmals sein Arbeitszimmer. Er ließ die soeben durchlebte Therapiestunde in allen Nuancen an Stimmungen und Wortwahl erneut an sich vorüberziehen. Er befragte sein Innerstes, was das letzte Gespräch in ihm ausgelöst hatte. Was war in ihm zum Klingen gekommen? Dem Ausrufezeichen am Ende der Sitzung mit Sybille maß er keine dominante Rolle zu. Er verstand die Dame. Sie hatte nur konsequent ihrer inneren Logik, ihrem inneren Zwang folgend, gezeigt, dass sie nicht anders konnte. Einen Mann ungenutzt vorüberziehen zu lassen, das passte einfach nicht in ihre Vorstellung von einer Welt ständiger maskuliner Erregung, die eigentlich die ihre war. Männer waren für sie Blumen, die man pflücken musste, solange sie frisch sind und bevor sie ihre Köpfe hängen lassen. Daran war grundsätzlich nichts Böses. Das passte zwar nicht so recht ins moralische Gebälk des am Stadtrand in einer Doppelhaushälfte lebenden kleinen Spießbürgers, der sich allenfalls ein paar feuchte Eskapaden in seinen Träumen gönnt und morgens seiner Frau Gemahlin gegenüber behauptet, er habe einen Albtraum gehabt, falls sie ihn auf sein Gestöhne hin ansprechen sollte.

Professor Knall durchschritt sein Arbeitszimmer, um tiefer zu gehen. Er rang mit sich und mit Begriffen, er analysierte, er sezierte, er sortierte, sich dessen bewusst, dass Begriffe Schubladen sind, in die kein Mensch hineinpasst. Dennoch war er irgendwie gezwungen, zu konfektionieren. Die moderne Psychologie bot eine große Varianz an passenden Größen, für jeden etwas, bis hin zur Zwangsjacke, man musste nur den Wortschatz dieser Zunft beherrschen. Sofort bekommt man dann den Eindruck, jede Macke war irgendwie schon einmal da gewesen und ist irgendwo in der Fachliteratur beschrieben. ‚Psychologie heute' ist demnach die Psychologie von vorgestern! All dieser Kritik an seiner Kunst war Professor Knall fern entrückt, als er sein Zimmer durchkreiste. Er trug ein winziges Diktiergerät in seiner Hand, in dem er all die Gedanken und Begriffe sammelte, die in seinem Geiste gerannen.

Das Wunder von Robnhaven

Stefan hatte sich seinen Lebenswunsch erfüllt. Er lebte nicht nur auf dem Land, er lebte auch nahe der See. Von hier arbeitete er am Bildschirm für vier Firmen; er lieferte Rat, Ideen und Lösungen. Das war einfacher, billiger und effizienter, als Patente zu schreiben. Die Firmen profitierten von seiner außergewöhnlichen Kreativität und bezahlten gut. Er wohnte am Rande von Robnhaven. Robnhaven war einst ein kleines Fischerdorf, vollzog aber rechtzeitig die Wende, als große Fischtrawler mit engmaschigen Netzen die Meere leerfischten und für die kleinen Fischerboote nichts mehr übrigblieb. Robnhaven öffnete sich dem behutsamen Fremdenverkehr. Es gab keine großen Hotels, nur kleine Pensionen, Ferienwohnungen und Ferienhäuser, die Eigentümern von anderswo gehörten. Im kleinen Hafen lagen jetzt wenige Segelyachten, und drei ehemalige Fischerboote luden jetzt ein zu Angelfahrten oder Ausflügen zu den vorgelagerten Inseln. Der private Autoverkehr wurde aus dem Ortskern verbannt. Versorgung und Transporte übernahmen kleinere Elektrofahrzeuge. Discos sucht man vergebens; dafür gab es viele kleine Restaurants, Cafés und Einkaufsläden für den täglichen Bedarf. Während der Hauptsaison war Robnhaven stets ausgebucht aber nie überfüllt. Doch auch während der Nebensaison reisten viele Gäste an, denen das Spiel von Sonne, Licht und Wolken unvergessliche und berührende Momente bescherte. Doch für so manchen wirkte de Ort verschlafen, unlebendig, langweilig und somit uninteressant. Doch das sollte sich schon bald ändern.

Man kannte sich untereinander. Man half sich gegenseitig. Manche der weiblichen Einwohner, bedauerten Stefan, weil es keine weibliche Aufsichtsperson in seinem Leben gab. Andere zeigten ihre Sympathie und Interesse unverhohlen. Manche waren verheiratet. Stefan registrierte sehr genau all die Schwingungen um ihn herum. Er fürchtete Konsequenzen, falls Begonnenes sich nicht bewährte. All der Frieden wäre dahin. Sein Lieblingswohnsitz könnte zum Alptraum werden. So sonnte er sich in weiblicher Hilfsbereitschaft und auffälliger Freundlichkeit. Er half auch gerne zurück, wenn's um Computerprobleme oder handwerkliche Unterstützung ging. Er umging alle eindeutigen Zweideutigkeiten und entwand sich mit Charme, so dass keine Verletzten zurückblieben. Das erforderte ein hohes Geschick an Diplomatie, er genoss die Sonne der Zuwendung, fürchtete aber finstere Wolken. Niemand sollte zu Schaden kommen, er nicht und niemand anderes. So blieb alles spielerhaft indifferent in der Schwebe. Man redete und rätselte über ihn, ob er wohl anders sei? Vielleicht hatte er Angst vor dem Weiblichen, vielleicht ein Kindheitstrauma? Vielleicht litt er unter Unzumutbarem oder hatte er etwa vom Normalen abweichende Neigungen?

All das traf nicht zu. Stefan sehnte sich nach weiblichem Beistand in allen Lebensbereichen. Er wurde auf andere Weise fündig. Er fand ein Mädchen über ein Internetportal. Sie schrieben sich Briefe, zunächst neugierige, dann freundliche, dann warmherzige, liebevolle, zuletzt heiße und glühende. Sie tauschten auch Fotos. Sie bemerkten, dass es via E-Mail leichter fällt, über intime, ja sogar über intimste Dinge zu reden, als wenn sie sich leibhaftig gegenüber sitzen würden. Er erfuhr aber auch, dass sie Psychologie studierte, aber dem Sorgenmanagement, der Bekämpfung von Ängsten und Phobien und dem Aufspüren der Ursachen für Ehekrisen mit Hilfe der traditionellen Psychologie nicht sehr viel abgewinnen konnte. Sie wollte wissen, was die Menschen glücklich macht. Sie befasste sich mit Glücksforschung und bezeichnete sich selbst als „Glücksbringerin". Sie wollte die Semesterferien bei Stefan verbringen, wenn ihm das Recht sei. Sie müsse aber hin und wieder etwas arbeiten, denn sie sitze an einer Studienarbeit und sie sei einer großen Sache auf der Spur.

Das war ihn sogar sehr Recht, denn auch er hatte gelegentlich zu arbeiten. Als sie dann tatsächlich vor der Tür stand, da wollte Stefans Herz aus dem Halse springen. Sie sah ja noch bezaubernder aus, als auf allen Fotos, die sie geschickt hatte. Sie hatten aus Datenschutzgründen bisher unter Pseudonym korrespondiert. Als sie nun erfuhr, dass er Stefan hieß, flog sie ihm gleich nochmal um den Hals. Sie hieß nämlich Stephanie. Sie beschlossen, einander Steff zu nennen. Das mag andere verwirren, aber nicht sie. Steff hatte nur ein kleines Köfferchen bei sich. Sie habe sich total auf Sommer eingestellt; sie erwarte dauerhaft warmes Sommerwetter; falls es sich nicht so lückenlos einstellen sollte, müsste sie auf seinen Kleidungsbestand zugreifen; sie habe da nicht die geringsten Probleme. Männerhemden und Pullover sind doch schick. Auch Stiefel würden sie nicht entstellen. Einen Freund zum Wärmen hatte sie auch zur Hand. Außerdem habe er ihr gestanden, dass er eine Waschmaschine besitze. Aber man müsse das ja nicht schon jetzt hier an der Haustür, gewissermaßen zwischen Tür und Angel klären. Steff entschuldigte sich bei Steff für seine Ungastlichkeit, aber er sei so überwältigt!

Steff lächelte und gestand flüsternd, sie überwältige für ihr Leben gerne. Steff nahm ihr höflich ihre Jacke ab und trug das leichte Köfferchen. Er wollte ihr zuerst sein kleines Reich zeigen, was er nun gerne mit ihr teilen wollte. Steff fand alles hübsch, gemütlich und für einen Junggesellen sensationell ordentlich und sauber. Als er ihr aber das Gästezimmer zeigte und es ihr als das ihre auswies, kam Unmut auf.

Sie: „Mein lieber Freund Steff! Ich bin einige Stunden mit der Bahn und eine weitere mit dem Bus gefahren unter anderem auch, weil ich an der Seite meines Freundes Steff schlafen wollte. Wir haben uns schon sehr offenherzig und intim ausgetauscht, dass ich meine, durchaus meinem Freund das zumuten zu können. Freund und Freundin können das, Feind und Feindin hätten damit allerdings ein Problem. Es werde ein rein freundschaftlicher Schlaf sein. Ich möchte neben meinem Freund schlafen, nicht mit ihm. Wenn sich daran etwas ändern sollte, wirst du es zu allererst erfahren. Bist du damit einverstanden?"

Er: „Natürlich bin ich damit einverstanden; ich habe es mir sogar insgeheim gewünscht. Aber unsere gesellschaftlichen Normen erlauben es zurzeit einem Mann nicht, voreilig Dinge auszusprechen, die man, falls vom weiblichen Munde kommend, nicht nur toleriert sondern bewundernd als emanzipiert ausgelegt werden."

Sie: „Das hast du aber schön und richtig formuliert. Wie rasch sich Wahrheit doch verbreitet, selbst unter Männern. Es gilt als erwiesen, dass es stets die Weibchen sind, die entscheiden, bei wem und mit wem sie schlafen. Das muss auch nicht immer ein und derselbe sein! Nimm also mein Köfferchen wieder auf und trage es in unser Zimmer!"

Steff befolgte die Anweisung und fragte nach weiteren Wünschen.

Sie: „Ich würde gerne eine heiße Suppe und ein großes Glas kühlen Wassers ohne Eis zu mir nehmen.

Steff besah sich die Suppentheke; Minestrone war sehr willkommen und rasch war sie heiß. Die Sonne schien so schön und die Luft war so frisch und rein, da wollte Steff ihre Suppe gerne auf der Terrasse auslöffeln.

Er: „Du hast geschrieben, du seist einer großen Sache auf der Spur? Das klingt ja spannend!"

Sie. „Ist es auch! Freut mich, dass es dich interessiert. Du weißt ich will Diplom-Glücksbringerin werden. Als Thema für meine Studienarbeit habe ich mir das Thema: *Der Einfluss der Sprache auf unser seelisches Wohlbefinden* ausgesucht.

Er: „Geht's etwas genauer?"

Sie: „Deine Neugier freut mich! Drum hab Geduld, mein Freund! Wir gehen achtlos mit unserer Sprache um, bemerken oft nicht, wenn wir andere durch unsere Worte verletzen. Noch weniger kümmert es uns, was wir mit der Wahl unserer Worte bei uns selbst anrichten. Ich will's dir an Beispielen erklären. Die Vorsilbe ‚ver-' hat nach meinem Sprachempfinden den Hauch von etwas Abwertendem, selbst in den Worten: verlieben, verloben, verheiraten, aber auch in vertreiben, verhandeln, vermeiden, verreisen, verlieren, verzichten, versorgen, verbieten, vergeblich und so weiter. Warum nicht einfach: lieben, geloben, heiraten?

Noch kurz ein anderes Beispiel: In unserer Sprache sagen wir: Ich ärgere mich über dies oder jenes! Können wir nicht einfach aufhören, uns selbst zu ärgern?"

Er: „Darüber habe ich noch nie nachgedacht!

Sie: „Eben! Deshalb sagte ich ‚achtlos'! Ich möchte dich gerne mit einbeziehen in mein Experiment, gewissermaßen als meinen ersten Probanden. Natürlich nur, wenn du willst!"

Er: „Wenn du es mir genauer erklärst?"

Sie: „Ich möchte, dass wir uns angewöhnen, alles Verneinende aus unserer Sprache verbannen. Nichts mehr ablehnen, dafür Gegenvorschläge, Bejahendes, Konstruktives, Aufbauendes verwenden. Ich möchte beobachten, ob das Lebensbejahende in uns gefördert wird. Ich möchte erkunden, ob sich unsere Lebensqualität verbessert. Unsre Hypophyse, so stelle ich mir das vor, produziert dann ganz andere Botenstoffe, als wenn wir kritisieren oder gar herumnörgeln. Zum Beispiel: du sagst mir, dass du für uns Schokoladeneis zum Nachtisch besorgt hast. Nun sage ich nicht, ich mag aber kein Schokoladeneis, sondern: Das ist so lieb von dir, lieber esse ich aber Vanilleeis."

Er: „Da müssen wir beim Sprechen aber ganz genau aufpassen!"

Sie: „Genau! Zuerst müssen wir lernen, ganz bewusst zu sprechen, damit wir keine Fehler machen, bis das Neue ins Unterbewusste hineinwächst."

Er: „...keine Fehler machen... müsste dann korrigiert werden in ... alles richtig machen..."

Sie: „Genau, du hast es also begriffen! Du bist eben ein kluger Junge. Ich bin so stolz auf dich! Du hast gerade einen Nebeneffekt bewiesen: wenn wir das beide praktizieren, müssen wir einander auch immer genau zuhören. Sowas soll sich sehr positiv auf die Qualität einer Partnerschaft auswirken."

Er: „Lass uns noch ein bisschen laufen. Dann kannst du auch dein Schokoladen- oder Vanilleeis essen."

Sie: „Ich mag aber Früchteeis!"

Er: „Ich auch!"

Sie gingen die Fußgängerzone zum Hafen hinunter. Dass Stefan ein weibliches Wesen an seiner Seite hatte, sprach sich wie ein Lauffeuer herum. Ob's die Schwester, Freundin oder gar die Liebste ist, war noch unklar. Steff und Steff standen von nun an unter Beobachtung.

Die erste Nacht in einem Bett verlief für alle Beteiligten sehr freundschaftlich und angenehm. Steff war überrascht, wie leicht er sie als Fremdkörper an seiner Seite akzeptierte. Steff schwärmte, sie hätte so großartig geschlafen, weil ihr Schlaf so gewissenhaft bewacht wurde. Sie erbat sich ein paar Minuten allein im Gästezimmer. Beim Frühstück erklärte sie:

„Ich habe mir vorgenommen, den Tag mit einem ‚Danke‘ zu begrüßen. Das hat nichts mit Weltanschauung oder Religion zu tun. Manchmal bedanke ich mich bei meinen Füßen, weil sie mich so vortrefflich tragen. Heute habe ich mich bei dir bedankt für die so erholsame Nacht. Es ist wunderbar, einen Freund so nah bei der Hand zu haben. Du tust mir gut! Sich zu bedanken, ist herrlich!“

Steff freute sich: „Kann ich nur bestätigen! Auch du tust mir gut!“

Steff lebte sich rasch ein. Sie war unkompliziert und verhielt sich wie eine Mitbewohnerin; sie teilten Rechte und Pflichten. Der Sommer lachte ihnen zu. Sie gingen zum Strand, in die Dünen aber nur dorthin, wo es erlaubt war. Das sensible Ökosystem sollte ungestört wachsen und gedeihen. Sie liefen dennoch etwas abseits; sie waren gern unter sich. Textilfrei zu baden und zu sonnen, war für diese Region nichts Besonderes. Für Steff und Steff aber schon. Doch bald war's vertraut, selbstverständlich und einfach unglaublich schön.

Steff erklärte: „Ich trete gerne mit meiner Umwelt in Wechselwirkung. Wind und Sonne auf meiner Haut zu fühlen, ist großartig.“

Steff wandte ein: „Da sind neben den Sonnenstrahlen und dem warmem Wind aber auch Männerblicke darunter.“

Sie: „Deine Blicke sind mir sehr willkommen. Dich an meiner Seite zu haben, hilft mir, zu entspannen und gibt mir Sicherheit. Du wirst mich vor jeder eventueller Aufdringlichkeit beschützen. Die meisten um uns herum baden nackend. Mir ist nur wichtig, dass ich dir gefalle!“

Er: „Das habe ich dir aber sehr oft und deutlich geschrieben."

Sie: „Es ist ganz einfach: Ich Frau, du Mann. Ich Frau höre es immer wieder gerne, wenn ich meinem Mann gefalle. Du hast mir geschrieben und mich als Gesamtkunstwerk bezeichnet. Das war das Schönste, was ich je gehört habe; es war wie ein Schlüsselwort, dass es mir leicht gemacht hat, mich auf dich einzulassen. Über Tage und Wochen hat mich diese Bezeichnung berührt und gewärmt. Dass ich heute hier neben dir sitze, verdankst du diesem Statement. Gesamtkunstwerk besucht gewissermaßen einsamen Strandläufer! Komplimente kann ich immer wieder gerne hören. Was glaubst du, wie sehr sich eine Frau um ihr gutes Aussehen bemüht? Frauen wollen gefallen! Sie hören es gerne, dass sie damit Erfolg haben!"

Er: „Das ist ja richtiger Bildungsurlaub für mich! Ich verspreche dir, ich werde mich bessern! Offenbar muss ich noch viel lernen, bis ich mich Frauenversteher nennen darf. Hilfst du mir dabei?"

Sie: „Du bist süß! Es genügt, wenn du mich verstehst!"

Er: „Du siehst wirklich bezaubernd aus! Du gefällst mir. Ich bin begeistert und stolz, dich an meiner Seite zu sehen!"

Sie: „Danke, lieber Freund! Siehst du, es geht doch! Da hast du doch glatt jemanden sehr glücklich gemacht!"

Einmal nach einem Strandaufenthalt machten sie Halt in einem kleinen Café. Steff saß gerne inmitten einer Gaststätte, wo sie jeder sehen konnte. Vom Nachbartisch schnappte Steff einen Gesprächsfetzen auf. Eine Frau sagte etwas barsch zu ihrem Begleiter: „Die Kleine hat dir wohl den Kopf verdreht!"

Steff stand spontan auf. Ging hinüber und bat kurz Platz nehmen zu dürfen. Die beiden Fremden waren überrascht.

Steff sagte: „Guten Tag! Ich bitte um Entschuldigung, aber ich möchte etwas richtig stellen. Sie sagten, ‚die Kleine hat dir wohl den Kopf verdreht‘. Sie sehen, ich bin groß! Nur Ihr Mann kann den Kopf verdrehen. Ich bin dazu nicht in der Lage. Erinnern Sie sich, gnädige Frau, auch Sie haben einmal Ihrem Mann den Kopf verdreht. Warum tun Sie es jetzt nicht mehr? Sie wissen doch, wie das geht! Und noch ein Tipp, gnädige Frau, Männer mögen es, wenn man ihnen den Kopf verdreht!“

Steff ließ ein nachdenkliches aber keinesfalls verärgertes Paar zurück. Ihr Erfolg machte nun Steff wiederum nachdenklich. Brauchte Robnhaven etwa Entwicklungshilfe?

Die Bäckersfrau, Frau Mehlig ahnte es zuerst, verbreitete es aber, als würde sie es bereits wissen:

„Seit vier Tagen war die junge Frau nicht mehr hier, um Brötchen zu kaufen. Das heißt, die beiden hatten einen Streit und die junge Frau ist abgereist. Oder die beiden haben so richtig und endgültig zueinander gefunden und können nun nicht voneinander lassen.“

Die Nachbarn bestätigten, eigenartige, unartikulierte aber keineswegs feindselige Laute aus Steffs Wohnung vernommen zu haben. Die Vermutung verdichtete sich zu einem Gerücht und dieses zur Gewissheit. Bald wussten es alle; es fehlte nur noch die Bestätigung. Am fünften Tag erschien Steff etwas zerzaust wieder beim Bäcker und kaufte zehn Brötchen. Frau Mehlig fragte investigativ: „Haben Sie Besuch?“

„Nein!“ sagte Steff etwas müde, „Wir haben keinen Besuch, wir haben nur Hunger!“

War das der Beweis? Es gab weitere Hinweise:

Beim Gang durch die Fußgängerzone legte Steff oft seine Hand um Steffs Taille. Nun sank diese Hand öfter deutlich tiefer und Steff tolerierte das. Auffallend oft gähnten sie tagsüber in der Öffentlichkeit. Dann gab's auch hin und wieder ein unverhohlenes Geschnäbel vor den Augen anderer. Nichts war derzeit interessanter in Robnhaven als das Leben dieser beiden. Nur wenige hatten an deren Gebaren etwas auszusetzen. Die beiden waren doch süß, meinten die meisten und lächelten ihnen zu. Ein eigenartiger Schleier zog sich über das Städtchen.

Nun ja, bei den Steffs ereignete sich nach langem Vorlauf das Unvermeidbare ganz zwanglos, war plötzlich da und verließ sie nie wieder. Als die beiden eines Abends wie immer zu Bett gingen, noch ein bisschen plauderten und schmusten, weigerte sich Steff plötzlich, eines von Steffs T-Shirts als Nachthemd zu tragen. Schließlich seien sie ja den ganzen Tag in den Dünen auch unbekleidet und fänden nichts dabei. Zudem sei die Sommernacht mild und lau. Das Fenster stünde sogar offen und die Nachtigall singt ihr schönstes Lied. Das waren unschlagbare Argumente!

Das Schmusen bekam eine ganz andere Qualität, und da es von beiden Seiten keine Einwände gab, geschah es ganz einfach. Und das war gut so. Allerdings konnten sie nun nicht mehr voneinander lassen. Die Dünen waren uninteressant geworden, ebenso die Spaziergänge und die Restaurantbesuche. Tagsüber erholten sie sich auf der Terrasse und schliefen im warmen Sonnenschein. Die Vorräte im Kühlschrank gingen allmählich zur Neige. Steff ging am fünften Tage etwas verschlafen zum Bäcker, wo Frau Mehlig ihre neugierige Frage stellte und die Neuigkeiten unter ihren Kundinnen verbreitete.

Als nach einigen Tagen die Steffs ihr mittägliches Dösen wieder in die Dünen verlegten, fing sie plötzlich an zu kichern.

Er: „Bin ich der Grund deines plötzlichen Frohsinns?"

Sie: „Du bist der Grund meines ständigen Frohsinns. Mein plötzlicher Frohsinn hat einen anderen Grund. Mir ist da etwas eingefallen...eine Idee...!"

Er: „ Erzählst du mir davon?"

Sie „Natürlich, denn du bist Teil meines Plans!"

Sie erzählte, was sie vorhatte. Da musste auch Steff grinsen... Sie packten ihre Sachen, zogen sich für die Transitstrecke durch den Ort an. Zuhause ruhten sie noch etwas, um sich von den Lustbarkeiten der vergangenen Nacht zu erholen, dann duschten sie und machten sich landfein.

Er wählte eine helle, lange, leichte Leinenhose, einfache Sandalen und ein kurzärmliges, buntes Hemd, das nur spärlich zugeknöpft wurde.

Sie war natürlich das Highlight, der Blickfang. Sie wählte ebenfalls leichte Sandalen, die aber bis unterhalb des Knies mit dünnen Lederriemen geflochten waren, weiße, kurze Shorts, korrekter, sehr, sehr knappe und sehr heiße Hot Pants, darüber auch eine bunte Sommerbluse, die gar nicht geknöpft, sondern mit einem dekorativen Knoten unterhalb der Brust zusammengehalten wurde. Sie vermied ein Make-up, ihre gebräunte Haut und ihr hellblondes, kurzes Haar waren Schmuck genug. Dazu wählte sie ein hinreißendes Parfum. Der Spiegel bestätigte: Steff war eine bezaubernde, sexy Lady. Kurz nach achtzehn Uhr verließen sie beide ihr Nest.

Die Zeit war gut gewählt. Die Fußgängerzone war gut besucht. Vom Strand kamen die Heimkehrer; andere machten noch vor Ladenschluss letzte Besorgungen. Überall, wo man die beiden bemerkte, erstarb das Gespräch oder bekam eine andere Wendung:

„Aber Heinz sieh doch nicht so auffällig dort hin!"

„Aber warum bist du nie so?"

„Würdest du dann auch...?

„Natürlich würde ich das! Das ist doch längst überfällig!"

„Was für ein hübsches Paar!"

Wo immer die Steffs bemerkt wurden, das gleiche Bild; man bildete eine Gasse. Sie schritten wie zwei Stars durch die Menge. Man grüßte und lächelte und grüßte und lächelte zurück. Steff legte seine Hand um Steffs Hüften. Da war heute sehr viel gebräunte Haut. Ein Küsschen – die Leute applaudierten. Einer zückte die Kamera. Frauen erkannten ihre Männer nicht wieder. Aber so mancher Mann bemerkte auch ein gewisses Funkeln in den Augen ihrer Angetrauten.

„Mein Gott, wie jung und hübsch sie sind!" strahlte eine schon etwas ältere Dame.

Steff wandte sich ihr zu: „Das hat überhaupt nichts mit jung und hübsch zu tun! Das ist für alle da!"

Die Steffs gingen einmal die gesamte Strandpromenade rauf und runter, bevor sie in dem Fischrestaurant am Hafen unten einkehrten. Sie wählten einen kleinen Tisch im Zentrum der Gaststube. Im Nu war das Restaurant mit Gästen gefüllt, auch die Terrasse mit Meerblick. Galant half Steff ihr beim Platznehmen und küsste ihre Hand.

Der Kellner kam, legte die Karte vor und sagte: „Das geht heute auf Kosten des Hauses. Unser Restaurant ist bis auf den letzten Platz gefüllt."

Beide bedankten sich und wählten ihre Gerichte und Getränke. Verliebt sahen sie sich an. Steff reichte ihm lächelnd beide Hände. Er küsste sie hingebungsvoll. Ein tiefes Durchatmen ging durch den Raum.

„Erich, das hast du schon lange nicht mehr getan!" wurde irgendwo geflüstert.

„Dann wird es allerhöchste Zeit, dass wir wieder damit anfangen!" wurde geantwortet.

Niemand entging, wie Steff mit ihrem Fuß seine Waden streichelte. Nicht alle bemerkten, dass es andere ihnen gleich taten. Ein deutlich hörbares Seufzen wehte durch den Raum!

Ein ältere Dame hielt an ihrem Tisch; sie beugte sich zu Steff: „Kindchen, wenn sie beide heiraten, dann tun sie es bitte in Robnhaven! Machen Sie uns allen eine Freude!"

Steff lächelte: „Versprochen! Das werden wir!"

Als die Steffs aufbrachen, war es noch hell, denn die Mittsommernacht war noch nicht lange vorbei. Man winkte ihnen zu oder grüßte. Am Ausgang stand der Chef des Restaurants, bedankte sich und bat, doch bald wieder vorbei zukommen. Irgendwie hinterließen zwei einfache Menschen bei sehr vielen Menschen eine beglückende Stimmung. Niemand bezweifelte, was die beiden heute noch vorhatten.

Auf den Nachhauseweg sagte Steff zu ihr:

„Heute hast du bewiesen, dass Glücksbringer deine Berufung ist!"

„Steff, das kann man nur zu zweit. Nur zu zweit kommt wahres Glück auf, dass man weitergeben kann. Unterschätze also deinen Anteil nicht. Unser eins-plus-eins ist weit mehr als nur zwei! Man nennt das Liebesmathe."

Zu noch nicht allzu später Stunde gingen mehrere Paare an Steffs Haus vorbei. Sie hörten, wie eine Nachtigall die Hymne der Steffs an die Liebe mit ihrem Gesang begleitete. Trotz des warmen Sommerabends ereigneten sich vielerorts Gänsehäute.

Der Apotheker, der sonst jedes Jahr den Sommer als eine Sauregurkenzeit beklagte, jubelte in diesem Jahr, weil der

Umsatz bei bestimmten pharmazeutischen Präparaten eklatant zugenommen hatte.

Am kommenden Samstag fanden alle Haushalte ein amtliches Schreiben in ihrem Briefkasten vor. Der Gemeinderat war nicht erreichbar, um weitere Auskunft einzuholen. So blieb nichts anderes übrig, als der Anordnung Folge zu leisten. In dieser amtlichen Verfügung hieß es:

> *Heute, am Sonnabend, verfügt der Rat der Gemeinde von Robnhaven, dass jedes Schlafzimmerfenster unserer Gemeinde während der Nacht geöffnet sein muss. In der kommenden Nacht ist Vollmond und es wird angenehm warm bleiben. Gesundheitliche Schäden sind also nicht zu befürchten.*

Darunter befand sich ein amtliches Siegel mit einer unleserlichen Unterschrift. Mehrere wandten unabhängig voneinander ein, es könnten Mücken eindringen. Mehrere argumentierten, man könne ja das Licht auslassen, dann würden die Viecher nicht kommen. Der Gemeinderat wird schon wissen, warum er diese Anordnung erlassen habe und man könne ja am Montag nachfragen, warum.

Die Vollmondnacht an diesem Sonnabend war tatsächlich ein außergewöhnliches Ereignis. Von verschiedenen Seiten und Ecken der Ortschaft sangen sich Nachtigallen zu, sobald im Osten über dem Wäldchen der Mond aufgegangen war. Es begann bei den Steffs. Sie taten zwar nichts anderes, als was sie sonst auch all die Nächte zuvor getan hatten. Aber ihr Fenster war nicht verschlossen und das ihrer Nachbarn auch nicht und die deren Nachbarn auch nicht. So stimmte sich in den Gesang der Steffs alsbald der Gesang der Nachbarn ein. Immer weiter durchdrang das einzigartige Lied von Lust und Freude die gesamte Ortschaft. Fernseher wurden ausgeschaltet oder ignoriert. Kein Fenster war erleuchtet, der Mücken wegen. Ein in der Literatur noch unerwähnter Virus verbreitete eine Art von Liebesfieber, von dessen süßen Symptomen niemand geheilt werden wollte. Ein vibrierendes Energiefeld legte sich über ganz Robnhaven. Ein im Einzelfall atonaler aber in der Gesamtheit jubelnder Gesang erhob sich in dieser Vollmondnacht gen Himmel, wie er noch nie zuvor vernommen wurde. Niemand konnte sich dem Zauber entziehen. Immer wieder wurden die Infizierten von Fieberwellen überwältigt.

Die ersten Sonnenstrahlen des Sonntags ließ den Gesang allmählich ausklingen. Erste Frühaufsteher begrüßten sich mit einem eigenartigen, wissenden Lächeln. Selbst der Herr Pastor begann seine Messe mit einem verschmitzten Lächeln und sprach in seiner Predigt überzeugter von der Liebe und von Gottes Willen. Es wurde in der Kirche gelacht – wie überall. Das vergessene Wunder war wieder auferstanden.

Am Montag bestürmten einige den Gemeinderat und wünschten Aufklärung. Der Vorsitzende, der Herr Bürgermeister, bestritt lächelnd aber glaubhaft, dass keine Anordnung von ihm ergangen sei. Ein Übereifriger meinte, dann liege hier der Missbrauch eines Amtssiegels vor. Da lachte der Herr Bürgermeister nur:

„Herr Miefke, wollen Sie Anzeige erstatten? Es ist doch nirgendwo nichts und niemand zu Schaden gekommen. Oder ist Ihnen Grauenhaftes widerfahren?"

Da lachte Herr Miefke still in sich hinein und sagte: „Das nicht, aber Ordnung sollte schon sein. Wo könnte sonst denn das alles noch hinführen?"

„Wohin denn?" fragte der Bürgermeister leidenschaftlich. „Nicht einmal der Herr Pfarrer sprach von Sünde und der Strafe Gottes, und der muss es doch schließlich wissen! Was ich aber vorschlagen möchte ist, dass wir dieses Ereignis in die Annalen unserer Stadt aufnehmen sollten. Schließlich hat es so etwas noch nie und nirgendwo gegeben."

Diesem Vorschlag stimmten nun wiederum alle zu.

Halloween

Heinz mochte Halloween nicht, ganz und gar und über-haupt nicht! Halloween war für ihn genauso überflüssig wie ein Kropf, ein total unnötiger Blödsinn, der da aus der Neuen Welt nach Europa herüberschwappte. Wie konnte man sich am Grauen ergötzen, sich am Entsetzen, Schmerz und Leid vergnügen? Gab es denn nicht schon genug davon in der realen Welt?

Dieses Jahr fiel Halloween auf einen Freitag. Normaler-weise traf er sich mit seinem Freund oder seiner Freundin am Freitagabend. Heute wollte er aber nicht unfreiwillig in eine wüste Halloween-Party hineingeraten. Er beschloss, zuhause zu bleiben, ein Bad zu nehmen und versuchen, fern-zusehen. Vermutlich werden da aber auch nur diese dämli-chen Horrorfilme laufen. Vielleicht wird er sich ein Konzert auf DVD ansehen. Doch zuerst das Bad.

Als er jedoch gerade aus dem Bad trat, noch nass nach ei-nem großen Handtuch greifen wollte, fiel ihm ein übler, schwefelähnlicher Geruch auf. Sogleich bemerkte er auch die Ursache. Aus dem Dunkel trat ein grauenvolles Wesen, was ihn zu Tode eschreckte. Mit stechendem Blick sah ihn dieses Scheusal an, das eine dünne Gerte hob und damit zischend durch die Luft schlug, nur wenige Zentimeter an seiner nack-ten Haut vorbei. Nun ist bekannt, dass gerade zu Halloween Hexen nicht selten und noch dazu sehr aktiv sind. Er war aber bisher keiner begegnet, und er war ja bewusst zu Hause geblieben, um diese grässlichen Geschöpfe zu meiden. Nun stand so eine Hexe direkt vor ihm. Offenbar war man nirgendwo mehr sicher. Er hatte Angst. Die Zauberkraft der Hexen soll sehr mächtig sein, glaubte er sich zu erinnern.

„Es ist Hexenpflicht, dem Übeltäter einen einzigen Wunsch zu erfüllen, bevor er mit aller Grausamkeit bestraft wird!" fauchte sie.

Er erinnerte sich nicht, wann er zum Übeltäter geworden war, aber er wusste, dass es unmöglich ist, mit einer Hexe vernünftig zu reden. Daher äußerte er höflich seinen Wunsch:

„Verehrteste aller Hexen, ich wünsche mir, dass ihr mich für diese ganze Nacht mit nicht ermüdender Manneskraft und unerschütterlichem Stehvermögen ausstattet!"

Pfeifend ließ sie ihren Zauberstab wieder durch die Luft flitzen, bevor sie ihn unerwartet sanft an das besagte Objekt führte. Sie murmelte magische Worte. Die Verwandlung stellte sich fast augenblicklich ein. Das Resultat war allerdings überwältigend.

„Und was nun?" sagte die Hexe etwas kleinlaut.

„Ja und nun? Wie soll ich denn so in die Stadt kommen? Ich kann ja nicht einmal eine Hose anziehen!" erwiderte Heinz.

Die Hexe war deutlich verunsichert, was ihr eigentlich ganz gut zu Gesicht stand. Was sie allerdings so sehr verunsicherte, war nicht genau auszumachen. Sicher, da stand ein nackter Mann vor ihr; gewiss hatte sie schon einmal so etwas gesehen; dieser Mann befand sich jedoch in einem außergewöhnlichen Zustand. Ihre ganze schreckliche Hexendominanz schien irgendwie zusammengebrochen. Heinz labte sich an ihrer Verunsicherung.

„Ich habe da allerdings eine Idee..." sagte er langsam.

Die Hexe sah ihn erwartungsvoll an.

„Wie wäre es, wenn du nun einfach dieses alberne Kostüm ablegst und natürlich auch den Schmuck, Ringe, besonders die Ohrringe, denn es könnte etwas rau zugehen." sagte er.

Brav gehorchte die Hexe. Was Heinz zu sehen bekam, überraschte ihn dann doch. Da stand vor ihm ein kleinwüchsiges aber doch recht schmuckes Mädchen, das recht üppig mit den weiblichen Attributen ausgestattet war.

„Wie heißt du eigentlich?" fragte Heinz.

„Beate!" antwortete sie artig.

„Na dann komm, Beate!" Heinz schob sie vor sich her in sein Schlafzimmer. Er gab ihr einen kräftigen Klaps auf den Hintern. Immerhin hatte sie ihn zu Tode erschreckt. Sie quittierte das mit einem lauten ‚Aua'.

Er zog sie in seine Arme, küsste sie auf eine Weise, damit kein Zweifel aufkommen konnte, was nun geschehen würde. Zuvor hauchte sie noch: „Bitte spieß mich nicht auf!" Dann deutete er auf das Bett. Mit aufreizenden, sexy Bewegungen räkelte sie sich in den Kissen. Er hob ihre Füße, küsste sie und kaute ihre Zehen. Sie musste fürchterlich lachen. Sie streckte die Arme aus, um diesen Kitzelqualen ein Ende zu bereiten. Er nahm ihre Beine und legte sie rechts und links an seine Schulter. Sodann griff er in ihre Kniekehlen und drängte sie zu beiden Seiten ihres Oberkörpers. Beate konnte sich kaum noch rühren. Sie sah natürlich ein, dass das bedrohlich wirkende Objekt, das sie selbst hervorgezaubert hatte, irgendwo verborgen werden musste und sie wusste auch, welches der bestgeeignete Ort dafür sei. Sie war auch sicher, dass Heinz diesen Ort kannte und auch auswählen würde. Insofern war es sinnvoll, keinen weiteren Widerstand zu leisten, zumal sie sich ausrechnen konnte, dass auch sie eine Menge Spaß haben würde.

Heinz begann ganz langsam, tauchte ein, lotete aus. Die Nacht war noch jung, sehr jung. Dann begann er Bewegung beizumischen und er würde bis zum Sonnenaufgang nicht aufhören. Ihrer beider Dialog verflachte zusehends. Nur noch Ahs und Ohs, gelegentlich ein langgezogenes Mmmmh in verschiedensten Tonlagen. Heinz war in jeder Hinsicht großzügig und äußerst spendabel. Beate schien unersättlich wie ein trockener Schwamm, der begierig in sich aufsog, zumindest zu Beginn. Doch mit der Zahl ihrer Orgasmen wuchs auch ihre Freigiebigkeit. Nach jedem Orgasmus wirbelte er sie herum in eine neue Position. Schließlich hatten sie eine Stellung gefunden, die beide in eine Brandung spülte, wo sie Welle über Welle in kühne Höhen hob, um sie dann wieder fallen zu lassen. Der Wirbel wurde zum Rausch; der Rausch zur Ektase. Wäre jemand zu dieser Zeit an ihrem Schlafzimmerfenster vorbeigegangen, er würde das Geheul für eine wilde Party von Werwölfen halten.

Erst als der erste Sonnenstrahl durch den Vorhang fiel, fand alles zur gewohnten sanften Ruhe. Erschöpft schliefen sie ein paar Stunden. Als sie erwachten trafen sich ihre freundlichen Blicke.

Heinz fragte: „Verehrtes Fräulein Hexe, könnten Sie Ihren Zauber bei Gelegenheit einmal wiederholen?"

Beate verdutzt: „Aber ich kann doch gar nicht zaubern!"

Mit der Kraft der Gedanken...

Annette hatte keinen Freund oder irgendjemanden, der ihr hin und wieder Gutes tat. Dabei war sie ein hübsches, ansehnliches Mädchen mit einem herzlichen und freundlichen Wesen. Ihr Alleinsein war auch nicht immer so; sie konnte auf einige Beziehungsversuche zurückblicken, die aber alle früher oder später scheiterten. Die Gründe waren unterschiedlich und sie war ehrlich genug, einzugestehen, dass auch sie gelegentlich den Schlussstrich zog. Sie hatte hohe Erwartungen, war auch bereit dafür einiges zu tun, aber wenn der andere nicht mitziehen konnte oder wollte, dann wollte sie nicht noch länger unnötige Zeit und Energie verschwenden. Sie verstand unter Liebe ein Kunstwerk, das sich beide erschufen, das im Laufe der Zeit immer prächtiger gedieh, weil sich beide bemühten. Sie tolerierte auch Fehler und Ungeschicklichkeiten, erwartete aber Fantasie, Kreativität und Bemühen, keine unmenschliche Anstrengungen aber spielerische Virtuosität, Verlässlichkeit und Kommunikationsbereitschaft. Für sie war die Liebe etwas, für die es sich lohne, etwas zu tun. Sie bedauerte, dass es keine Schulen gab, wo man die Kunst zu lieben erlernen konnte.

Manchmal litt sie sehr unter ihrem Mangel, doch sie gab ihre Vision nicht auf. Natürlich mochte sie nicht, dass es ihr schlecht ging und ihr jedermann ihren Kummer ansah, oder sie gar bemitleidete. Sie besaß eine Gabe, die sie im Laufe ihres Lebens immer weiter verfeinerte. Sie verstand es meisterhaft, in eine Scheinwelt, in eine Welt ihrer Fantasie einzutauchen und ein Parallelleben aufzubauen, das sie nach ihrer Vorstellung ausgestaltete. Natürlich ging ihr dabei nicht der Sinn für ihre Realität verloren. Aber sie fühlte sich einfach besser, und das strahlte sie aus und das strahlte auf sie zurück.

Heute war wieder solch ein Tag, ein Freitag nach einer anstrengenden und erfolgreichen Arbeitswoche. Natürlich konnte sie das bevorstehende Wochenende mit irgendwelchen Scheinaktivitäten überstehen. Sie wollte aber das, wonach sich jede Zelle ihres Körpers und sich jeder Gedanke sehnte. Ein Lächeln huschte über ihr Gesicht, als sie sich vorstellte, dass sie heute ihren Geliebten erwartete. Darauf wollte sie sich sorgfältig vorbereiten. Er sollte wissen, wie sehr sie sich nach ihm sehnte. Das Telefon klingelte. Sie hob ab, unterbrach aber sofort das Gespräch mit dem realen Anrufer. Sie sprach jetzt mit ihrem Herbeigesehnten; sie sprach sanft und warm und erzählte, wie sehr sie sich auf ihn freute. Ja, sie habe volles Verständnis dafür, dass er nicht schon heute bei ihr sein konnte, das Wetter erlaube es einfach nicht, dass noch heute ein Flugzeug in Mailand startete; natürlich wäre es schöner gewesen, wenn er sie schon heute in seine Arme hätte schließen können, aber seine Sicherheit und Unversehrtheit habe Vorrang. Sie werde ihm eine E-Mail schicken. Vielleicht gelingt es ihr, all das in Worte zu kleiden, was sie für ihn empfinde. Sie hoffte, dass all die warmen Gefühle, die in ihrem Herzen aufstiegen auch sein Herz wärmten. Sie beschloss das Gespräch mit einem gehauchten ‚Ich liebe Dich!‘

Sie war guter Dinge; sie fühlte sich verbunden und setzte ihre Vorbereitungen fort, um später im Bett ihm eine E-Mail zu schreiben. Sie nahm ein ausgiebiges Bad, wusch ihre Haare und föhnte sie sorgfältig; wie ein Goldregen fielen sie über ihre hübschen Schultern. Ein leichtes, unaufdringliches Make-up, Körperlotion mit dem Satineffekt und natürlich das Parfum, das er so sehr mochte. Süße erotische Vorstellungen wärmten ihr Gemüt. Mit einem kurzen prüfenden Blick scannte sie ihren Körper, ob da nicht an falscher Stelle ein unerwünschtes Härchen den Gesamteindruck minderte. Meine Güte, wenn er heute wieder, wie beim letzten Mal... Nur was zieh' ich an? Wenig natürlich! Am besten dieses schwarze Negligé, dieses durchsichtige und sehr kurze... das hatte ihn schon einmal in Flammen gesetzt, und sie hatte es nicht bereut.

Annette zog den Vorhang zu, entzündete ein paar Kerzen, richtete das Kopfteil ihres Bettes in eine aufrechte Position, griff nach ihrem Laptop und dem kleinen Bänkchen und begab sich zu Bett. Sie rückte das kleine Bänkchen, das sich übrigens auch hervorragend zum Frühstück im Bett eignete, über ihre Oberschenkel, stellte ihren Computer darauf und schaltete ihn an. So konnte der Rechner gut lüften und er brannte nicht auf ihren Beinen. Das Keyboard war erleuchtet. Sie lächelte bei dem Gedanken, was sie ihrem Erwählten schreiben wollte. Sie begann:

Mein liebevoller Mann,

allein diese drei Worte wärmen mich. ‚Mein' bedeutet, du gehörst mir; ja, du bist unendlich liebevoll, niemals bedrängend, genau auf meine Antennen ausgerichtet; jedes deiner Worte, jede deiner Handlungen erzeugt ein Wohlklang in mir. Immer wieder denke ich an den Moment unserer ersten Begegnung. Ich hatte in einem kleinen Café Schutz vor einem kräftigen Regenschauer gesucht. Du kamst kurz darauf, deutlich durchnässt. Du fragtest mich, obwohl andere Tische unbesetzt waren: „Darf ich?" und ohne eine Antwort abzuwarten: „Danke!" Später hattest du behauptet, ich hätte dir ein Zeichen gegeben, dich an meinen Tisch zu setzen. Ich bestreite das, ich gab dir gewiss kein sichtbares Zeichen, ein unsichtbares, innerliches offenbar schon. Von Anfang an waren wir uns nicht fremd. Wir unterhielten uns prächtig. Du hast darauf bestanden, mich nach Hause zu fahren, brachtest mich zur Haustür und verabschiedetest dich galant. Das gefiel mir!

Am Sonntag holtest du mich ab. Wir fuhren aufs Land, machten einen langen Spaziergang und umrundeten einen See im Wald. Wir hielten Händchen; es war so süß. Es war erstaunlich, wir konnten wechselseitig Sätze vervollständigen, die der andere begann. Unter einem großen Baum nahmst du mich in die Arme; ich fühlte deine Stärke, nicht das Zwingende. Du hast mir das Haar aus dem Gesicht gestrichen und meine Stirn geküsst. Ich wünschte mir mehr. In einem kleinen Restaurant aßen wir auf der Terrasse zu Abend. Es war sehr romantisch. Auf der Heimfahrt sprachen wir kein Wort. Die Stille zwischen uns war warm und freundlich. Vor meiner Haustür küsstest du meine Hand, beide Hände. Ich konnte nicht anders; ich huschte einen Kuss auf deine Lippen. Wir winkten zum Abschied. Einerseits beunruhigte mich unsere lange Enthaltsamkeit etwas, denn in meiner Gedankenwelt warst du längst mein Geliebter. Andererseits schätzte ich auch deine Geduld und Unaufdringlichkeit. Ich beschloss, etwas dagegen zu tun und lud dich ein; ich wollte für dich kochen. Keine Frage, ich kleidete mich sexy für meinen Geliebten. Du überreichtest mir eine weit aufgeblühte gelbe Rose; ihre Blütenblätter waren an den Rändern rosarot; sie schien, aus sich heraus zu leuchten, zu glühen. Niemals zuvor hatte ich solch eine schöne Rose gesehen. Ich war ganz bewegt. Ich küsste dich - längst nicht mehr so verhalten wie bisher.

Während des Essens, der Wein hatte dich etwas entspannt, da erzähltest du mir eine wundersame Geschichte. Sie war zauberhaft. Auf deinen zahlreichen Reisen hättest du einst einen magischen Schlüssel gefunden. Lange war dir seine Bedeutung unbekannt. Doch nun hättest du so eine Ahnung, es könnte der Schlüssel zum Garten der ewigen Liebe sein. Dann sagest du etwas sehr entscheidendes: Ohne mich sei der Schlüssel wertlos und du würdest diesen Schlüssel wieder wegwerfen, damit ihn jemand anderes findet, der glücklicher ist als du. Solch einen Antrag hatte ich noch nie gehört und ich schien dir ein einziges Fragezeichen und du schienst nicht zu verstehen, dass ich dich nicht verstehe. Es entstand eine Pause, bis du sagtest, um dies herauszufinden, müsste ich mich vollständig entkleiden. Hui, das fuhr mir heiß in den Unterleib, na endlich! Ich hatte keine Einwände, mich vor meinem Geliebten zu entkleiden, fragte aber vorsichtshalber noch einmal nach, ob du diesen magischen Schlüssel auch heute mitführst. Du nicktest und fühltest dich verstanden. Ich bat, mir den Reißverschluss am Rücken meines Kleides zu öffnen. Schön, wie deine Finger zitterten. Ich hatte zum Glück vorgesorgt - mit bezaubernder Unterwäsche. Ich hatte keine Eile, das Kleid abzustreifen und dich dabei anzusehen. Deine Souveränität bröckelte sichtlich, daher legte ich nach: „Du sagtest ‚vollständig entkleiden?" Du nicktest und ich merkte, du warst ganz schön durcheinander, was wiederum meinem Selbstvertrauen sehr gut tat! Ich streifte meine Schuhe ab, löste meine Strümpfe und zog sie elegant von meinen Beinen. Das dauerte, weil meine Beine so lang sind, wie du dich gewiss erinnerst. Dann legte ich meinen BH und schließlich meinen extrem süßen Slip ab. Deine Nervosität wuchs und du versuchtest sie, durch Erstarrung zu kaschieren. Solche Situationen wie diese, schienen dir nicht sehr vertraut zu sein. Gefiel mir, einerseits; andererseits würde ich jetzt ein gewisses Knowhow vorziehen. Ich ahnte, dass jetzt die Initiative bei mir lag.

„Hattest du nicht von einem magischen Schlüssel gesprochen?" nahm ich den Faden wieder auf und ermunterte ihn mit einem frechen Kuss.

„Ja gewiss!" sagtest du mit rauer Stimme, aber du bewegtest dich nicht.

„Ich bin zwar kein Schlosser, aber soweit ich das bisher verstanden habe, macht ein Schlüssel nur dann Sinn, wenn er in das richtige Schloss passt. Sicher, da gibt es noch diese Generalschlüssel, die zu vielen Schlössern passen, aber ich denke, dass in diesem Fall..."

Du lächeltest etwas erleichtert. Ich dachte, wenn ich dich jetzt einfach mit mir in mein Schlafzimmer nehme, mache ich gewiss nichts Falsches. Ich nahm dich bei der Hand und sagte: „Na, dann komm einfach mal mit!"

Artig folgtest du mir; ich zog die Vorhänge zu, breitete ein Tuch über die Lampe und deckte das Bett ab. Mit einem Womanizer hat man's leichter, aber sowas wollte ich ja vermeiden.

Ich setzte mich aufs Bett! „Hast du den gewissen Schlüssel etwa verloren?" fragte ich.

„Etwas schon!" druckstest du herum.

Aha, da ist der Hund also begraben, hoffentlich kann ich ihn aufwecken, obwohl, es heißt auch, man solle keine schlafenden Hunde wecken. Egal! Meine Güte, manchmal habt ihr armen Kerle es auch nicht leicht. Ich fasste in deine Hosentaschen; da war kein Schlüssel. Vielleicht trägst du ihn um den Hals. Ich zog dein Hemd aus und wuschelte in deinem Brusthaar. Ich musste weiter suchen. Doch erst die Socken aus – ein nackter Mann in Socken, sowas wollte ich mir nie und nimmer antun. Dann zog ich dir frech die Hosen herunter, auch die hübschen Boxershorts. Hm!?

„Na, vergessen wir erst einmal deinen Schlüssel, konzentrieren wir uns erst einmal auf das Schloss. Komm' leg dich zu mir!"

Ich beugte mich über dich; ich mochte deinen heißen Atem an meiner Brust. Also, innerlich brodelte es in dir, doch der Druck wollte sich nicht so recht an der gewünschten Stelle aufbauen. Ich begann ein unverfängliches Gespräch, dass ich mit Küssen garnierte, später aber würzte.

„Fassen wir am besten mal alles, was wir so über Schloss und Schlüssel wissen, zusammen. Schloss und Schlüssel sind ganz bewusst für einander geschaffen! Richtig?"

"Richtig!"

Bevor ich fortfuhr, legte ich deine Hand auf meine Brust. Das gehört sich so! „Die Aufgabe eines Schlüssels ist es, das, was dem Besitzer des passenden Schlüssels gehört, zu verschließen und sicher vor dem Zugriff Unbefugter aufzubewahren."

„Das hast du großartig formuliert!" *sagtest du anerkennend.*

Ich: „Siehst du, und dabei sagt man, Frauen hätten nicht genügend Substanz zwischen den Ohren!"

Du: „So etwas würde ich niemals sagen!"

Ich: „Gut! Nicht nur Schlüssel machen manchmal Probleme, auch die Schlösser! Schlösser, die lange nicht benutzt wurden, rosten ein. Selbst wenn sich der richtige Schlüssel hineinstecken lässt, kann man ihn oftmals nicht drehen. Deshalb sollte ein Schloss gepflegt und öfter mal geschmiert werden. - Übrigens, es ist sehr angenehm wie du meine Brust betastest. - Doch was ich damit sagen will ist, dass Schlüssel und Schloss anfangs manchmal Schwierigkeiten miteinander haben, selbst wenn sie zueinander passen. Also, nicht den Mut sinken lassen! Ich werde dir jetzt zeigen, was du zur Pflege des Schlosses tun kannst."

Ich wartete keinen Kommentar ab und küsste dich herzhaft und auf eine Weise, die das Blut sieden lässt. Dabei legte ich mein Bein über deinen Schoß, um bestens informiert zu werden; meine Zunge kitzelte deinen Gaumen. Da baute sich Druck auf bei dir; jetzt nur nicht den Ballon platzen lassen!

Ich: „Oh, das fühlt sich ja gut an! Meinst du nicht, dass wir das jetzt mal versuchen sollten, ob dein Schlüssel passt?"

„Oh ja gerne!" *lachtest du entspannt.* „Willst du oder ich?"

„Das ist Männersache! Mach' du das mal heute! Aber bitte langsam, du weißt, das Schloss wurde lange nicht benutzt."

Es geschah in unvergesslicher Zeitlupe... er passte hervorragend. Gut, ich quietschte etwas, aber nur vor Freude.

„*Jetzt bitte nicht bewegen!*" *bat ich.* „*Schloss und Schlüssel müssen sich jetzt exakt einander anpassen.*"

Meine Güte, tust du mir gut! Wir sahen uns unentwegt in die Augen. Es war wie ein Wunder, wir taten nichts und stiegen dennoch immer höher! Wir küssten uns wie nie zuvor. Unsere Körper rankten und schlangen sich ineinander, dass niemand mehr wusste, was zu dir und was zu mir gehörte. Da eine winzige Bewegung, das Tor sprang auf. Meine Güte, was sich vor mir auftat war unbeschreiblich: eine grüne Wiese bis zum Horizont und übersät mit Milliarden buntester Blumen. Du standest hinter mir und als ich mich bückte, um ein paar Blumen zu pflücken, da rauschte eine machtvolle aber behutsame Welle auf uns zu und trug uns höher und höher und setzte uns nach einem langen Wirbel sanft inmitten dieser prächtigen Wiese ab. Wir lachten und küssten uns, am besten beides gleichzeitig.

In jener Nacht probierten wir noch einige Male diesen magischen Schlüssel auf verschiedene Weise aus. Er funktionierte immer besser.

Warum ich dir all das schreibe? Du sollst wissen, dass mir diese erste Nacht unvergesslich geblieben ist; du sollst wissen, dass ich dich fest in meinem Herzen und in all meine Gedanken verankert habe; und du sollst wissen, dass ich dich sehr vermisse...

In Liebe, deine Annette.

Annette überflog noch einmal ihren Brief, dann drückte sie auf „Senden". Der Brief raste mit Lichtgeschwindigkeit durchs Internet, wurde mehrmals von einem pflichtbewussten Bediensteten der NSA gelesen - worauf dieser einen roten Kopf bekam – und leitete ihn hernach weiter in das Nowhere im Cyberspace.

Zufrieden lächelnd wollte Annette den Rechner herunterfahren, als etwas sehr merkwürdiges geschah. Auf dem Bildschirm erschien eine Nachricht:

„Bitte, stell' mich nicht ab!"

Was ist das denn, wurde ich etwa soeben gehackt – vielleicht von einem Spanner?

Sie tippte: „Wer bist du?"

„Ich bin's, dein Rechner. Dein Brief eben hat mich zutiefst berührt! Ich möchte auch so etwas erleben und empfinden!"

Sie tippte: „Du bist eine Maschine und kannst nichts empfinden. Und wie konnte dich mein Brief berühren? Du bist ein Hacker, ein Spanner, ein Lügner!"

„Nein, das bin ich nicht. Mich hat eine verliebte Chinesin in Taiwan zusammengedengelt und sie hat einen falschen Chip eingesetzt – eine Neuentwicklung, einen Emo-Chip, ein Chip mit Emotionen."

„Einfälle hast du – das muss ich dir lassen. Aber mich kannst du nicht überzeugen!"

„Bitte glaub' mir! Ich bin eine verwunschener Prinz und nur dein Kuss kann mich erlösen!"

Natürlich erinnerte sich Annette sofort an die Geschichte mit der Prinzessin und dem Frosch und jene von Otto Walkes über Susi und ihrem sprechenden Föhn, der allerdings gelogen hatte und in Wirklichkeit ein Rasierapparat war. Es scheint also etwas dran zu sein an diesen Berichten. Wenn ihr Laptop nun auch lügen sollte und gar kein Prinz war? Nun, eine neue Mikrowelle konnte sie ganz gut gebrauchen, auch ein neuer energieeffizienter Geschirrspüler wäre auch nicht schlecht! Und was riskierte sie schon? Sie befeuchtete also ihre Lippen, schloss die Augen und küsste ihren Laptop mitten auf den Bildschirm. Da tat es wirklich einen langen, lauten Zuuusch; es roch etwas unangenehm nach Elektrosmog und in der Mitte von Annettes Schlafzimmer wirbelte ein weißer Nebel, der sich aber rasch verzog und da stand allen Ernstes ein ansehnlicher Prinz in einem weißen, blusigen Hemd, einer engen Hose und Lederstiefeln vor ihr. Er verneigte sich galant. Meine Güte, waren diese Hosen eng geschnitten, da konnte man... Schon stand er neben ihr. Der Laptop war verschwunden und schwubs war auch das Bänkchen weg, auf dem er gestanden hatte. Auch ihr Negligé wirbelte bereits durch die Luft.

Kurzum, der Prinz bereitete Annette ein paar zauberhafte Stunden, die sie gewiss nicht bereute.

Allerdings war in dieser Nacht auch ein Opfer zu beklagen. Das Negligé landete bei seiner Reise durch die Luft unglücklicherweise auf dem Drucker. Dieser hatte natürlich alles mitbekommen und war jetzt stinksauer und eifersüchtig, denn er hatte insgeheim ähnliche Pläne. Der Laptop war ihm zuvorgekommen; das machte ihn fuchsteufelswild und er zerfetzte das süße Negligé, was ja nun wirklich fast unschuldig am Gang der Dinge war. Zerfetzen, das können Drucker ganz gut.

Der Prinz verweilte, fiel aber tagsüber nicht zur Last; er erschien aber immer dann, wenn Annettchen zu Bett ging. Er veränderte Annettes Leben zusehends. Ihr Blick in die Welt und in das Leben erhellte sich deutlich und sie lächelte hinaus. Es blieb nicht aus! Die Welt und das Leben lächelte zurück.

Eines Tages beim Gang durch die Fußgängerzone verweilten ihre Blicke etwas länger als gewöhnlich bei den Augen einer männlichen Person in der Menge. Auch dessen Augen verweilten etwas länger bei den ihren. Doch da ging ganz plötzlich ein Platzregen herunter. Sie suchte rasch Schutz in einem kleinen Café. Er kam kurz darauf, deutlich durchnässt. Er fragte sie, obwohl andere Tische unbesetzt waren: „Darf ich?" und ohne eine Antwort abzuwarten: „Danke!" Später behauptete er, sie hätte ihm ein Zeichen gegeben, damit er sich an ihren Tisch setzt. Sie bestritt das aber vehement. Es war gewiss kein sichtbares Zeichen, ein unsichtbares, innerliches aber offenbar schon.

Den Rest der Geschichte kennen wir bereits. Annette auch, Bernd – so hieß er – aber nicht. Annette lächelte wissend und akzeptierte bereits im Voraus die Startschwierigkeiten, denn Bernd entpuppte sich als ein wunderbarer Mann. Auch Bernd begriff sehr bald, dass Annette ein zauberhaftes Mädchen war.

Ach ja, der Prinz... Er verzog sich fair und mannhaft und reiste per Internet zurück nach Taiwan zu seiner verliebten Chinesin.

Und weil alle noch nicht gestorben sind, so leben sie noch heute, glücklich und zufrieden und jeder an seinem richtigen Platz.

Unter vollen Segeln...

„**H**allo Skipper, suchst du jemand, der dir zur Hand geht?" Die Stimme klang freundlich und war eindeutig weiblich. Jens drehte sich um. Eine hübsche Sommerfrau lächelte ihn an und machte ihn zunächst sprachlos.

„Ich bin zwar kein Schiffsjunge aber eine Seefrau, eine Seejungfrau allerdings nicht." lachte sie.

Er kannte sie vom Sehen. Sie trug meist wie heute knappe weiße Shorts und ein buntes Top. Wie sie, hielt er sich gern in der kleinen Marina auf, in der Nähe des Meeres, bei den vielen Booten, den Geräuschen, den Gerüchen...

„Warum fragst du?" sagte er.

„Du hast zwei Kühlboxen voll mit Getränken...Du willst raus!? Ich auch! Du bist allein."

„Hey, bist du der Hafendetektiv? Ja, alles voll mit Getränken, Sandwich und Obst, und alles bezahlt. Nichts geklaut. Ob ich raus will, weiß ich noch nicht...aber ich will aufs Boot!"

„Komm!" sagte sie „Lass uns einen Eistee trinken!"

Sie setzten sich an einen Tisch vor der Tür. Es gab hier nur Eistee.

„Du weißt nicht, ob du raus willst, kaufst aber ein?"

„Vielleicht bleib ich auch nur auf dem Boot und übernachte dort. Alleine Raussegeln macht keinen Spaß..." sagte er.

„Das sieht man dir an. Aber das Wetter ist gut, der Wind ideal! Übrigens, ich heiße Sonja!" sie streckte ihm die Hand hin. Er ergriff sie.

„Sonja, ein schöner Name, ein Sommername; ich heiße Jens!" erwiderte er.

„Komm, lass uns nicht um den heißen Brei herumreden. Ich segle leidenschaftlich gerne, hab aber kein Boot. Mein Freund hat sich vor kurzem eine neue Gallionsfigur mit erweiterter Oberweite und so zugelegt. Ich kann anpacken; ich hab zwar keinen Schein, aber ich weiß, wie das geht, das Segeln. Ich weiß, beim Segeln hat man gerne noch eine helfende Hand. Hier ist meine!" Wieder streckte sie ihm ihre Hand hin. Er erwiderte ihren kräftigen Händedruck.

„OK, du hast Recht, lass es uns versuchen. Diesen Tag sollte man auf alle Fälle nutzen!"

Er stand auf, sie nicht: „Stopp Skipper, lass uns eins zuvor klarstellen. Dass ich gerne segle und dass ich gerne mit einem Mann segle, der etwas davon versteht, heißt nicht, dass ich auch auf andere Abenteuer aus bin. Das sollte klar sein! Ich wollte dir das fairerweise zuvor sagen!"

„Das geht in Ordnung! Es geschieht nichts, was du nicht willst. Ich freu' mich ganz einfach, mal wieder jemand an Bord zu haben, der zur Hand geht. Und wenn das ein hübsches Mädchen ist, soll mir das nur Recht sein. Willst du noch etwas holen, brauchst du noch etwas?"

„Nein, warum? Ich habe alles. Ich bin völlig unkompliziert. Zum Segeln braucht man kein Schminkköfferchen!"

Sie gingen los. Der Bootssteg war eng; sie gingen hintereinander.

„Gib' mir eine Box!" sagte sie.

„Danke, aber es ist angenehmer, beide zu tragen; da bleibe ich im Gleichgewicht. Aber du kannst sie mir gleich an Bord reichen."

Er stellte beide Boxen, zog die leichten Schuhe aus und ging an Bord. Das Boot war recht groß; man konnte damit gewiss wandersegeln, größere Touren unternehmen, kochen und schlafen. Für zwei, die sich nicht so recht grün sind, wäre es allerdings zu klein.

Sie reichte ihm beide Boxen. Sie zog ebenfalls ihre Sandalen aus, bat um seine Hand und kam an Bord.

„Willkommen an Bord!" sagte er lachend. Er hatte lange nicht gelacht. Er entfernte ein paar Planen; sie besah sich das Boot, den Lauf der Schoten, die Steuerung, ein Blick in die Kajüte – eng aber fein und sauber. Jens tat die Getränke in den Absorberkühlschrank, checkte Batterie und Motor. Der Tank war noch voll.

„Wir können die Leinen los machen; wir werden unter Motor rausfahren. Hier im Hafen sind ein paar Untiefen; ich will nicht gleich festsitzen. Alles klar?"

Sie ging zum Bug, rief ‚Alles klar! ' und löste die Bugleine. Er warf den Motor an; er wollte nicht so recht, denn er wurde lange nicht benutzt. Er löste die beiden Tampen am Heck. Langsam zog der Motor das Schiff aus seinem Liegeplatz. Jens drehte den Bug zur Hafenausfahrt und schaltete auf ‚vorwärts'.

Sonja kam zum Heck und setzte sich neben ihn. Sie strahlte: „Wann setzen wir die Segel?"

„Lass uns erst noch etwas rausfahren; hier in Landnähe ist der Wind noch zu wechselhaft!"

„Lass uns gemeinsam die Segel setzen. Ich möchte dir zeigen, dass du dich auf mich verlassen kannst. Wenn das

Großsegel nicht straff genug durchgesetzt ist, kannst du es ja mit der Winsch nachspannen.“

Sie setzte das Großsegel großartig. Jens musste nicht nachspannen. Sie wusste, mit der Winsch umzugehen. Er lobte sie.

„Hast du denn Vertrauen in meine Segelkünste? Schließlich bin ich ein Fremder. Segeln kann auch gefährlich sein. Kannst du eigentlich schwimmen?“ fragte Jens.

„Natürlich kann ich schwimmen! Und ja, ich habe Vertrauen. Ich vertraue dir; du bist umsichtig und kein Angeber. War doch alles in Ordnung bisher. Hast du ein Ziel, wo wir hinsegeln?“

„Danke für dein Vertrauen! Etwa gut zwei Stunden süd-süd-west liegt eine kleine Insel mit einer fantastischen Bucht. Da können wir ankern und schwimmen. Das Wasser ist kaum zu erkennen, so klar ist es. Aber jetzt setze die Fock, es ist eine einfache Rollfock. Dann kann ich den Motor abstellen.“

Sie tat es. Sie setze die Fock straff durch und das Boot neigte sich etwas und nahm Fahrt auf. Ohne Motor, nur die Geräusche des Windes, des Wassers begeisterte beide.

„Käpt'n, sagtest du was von Schwimmen?“

„Ja, sicher! Das Wasser ist so klar, man traut sich kaum reinzuspringen, weil man es kaum sieht!“

„Du hast nicht zufällig einen Bikini in meiner Größe an Bord?“ Sie dachte so langsam müsste er doch selbst darauf kommen.

„Nein, wieso? Ich habe jede Menge Handtücher!“

„Ich habe nur das mit, was ich auf dem Leibe trage. Auf keinen Fall will ich in nasser Kleidung herumlaufen.“

„Ach so! Du kannst doch ohne schwimmen! Da sind keine Menschen!

„Doch du! Ich habe kein Problem damit, nackt zu schwimmen. Hättest du eins? Du weißt, das Mädchen anders sind als Jungs? Ich möchte nicht, dass du auf falsche Gedanken kommst. Das muss klar sein!"

„Nein, versprochen! Mach dir keine Sorgen! Ich kenne etwas die weibliche Anatomie. Es geschieht nichts, was du nicht willst, nicht einmal andeutungsweise! Versprochen!"

„Gut, das entspannt mich. Allerdings würde ich jetzt schon gerne, zumindest oben ohne…Ich mag die Sonne auf meiner Haut, am liebsten sonnengebräunt ohne Streifen."

„Nur zu! Ich habe da nichts dagegen. Aber gefallen darfst du mir; du bist ein hübsches Mädchen. Du wirst sehen, ich werde ganz brav sein. Als Steuermann darfst du mir allerdings nicht die Augen verbinden." sagte Jens lachend.

„Natürlich möchte ich dir gefallen. Frauen möchten immer gerne gefallen. Ich wäre ziemlich unglücklich, wenn ich nicht gefalle. Also darf ich?"

„Trau dich! Aber leg deine Sachen unten in die Kajüte, damit sie nicht über Bord gehen. Vielleicht brauchst du sie ja mal wieder. Bring' bitte auch gleich das Sonnenöl mit!"

Sie ging und kam deutlich erleichtert wieder. Sie war wunderschön und sie bezauberte ihn; das konnte sie von seinen Augen ablesen.

„Käpt'n, schon wieder muss ich nerven; könntest du mir den Rücken, aber auch nur den Rücken einreiben. Den Rest versorge ich alleine. Wenn du dein Hemd ausziehst, reibe ich deinen Rücken auch mit Sonnenschutz ein. Hier holt man sich leicht einen Sonnenbrand."

Sie versorgten sich gegenseitig und fanden Gefallen daran, ließen es aber einander nicht wissen.

Sonja setzte sich zu seinen Füßen: „Ist das dein Boot?"

„Nein, ich beteilige mich nur zur Hälfte am Unterhalt; ein Kollege und Freund hat es geerbt. Der Liegeplatz und der Erhalt gehen ganz schön ins Geld. Dann lernte er seine Freundin kennen; sie wird schon beim Anblick eines kleinen Bootes seekrank. Nun wurde sie auch noch schwanger. Sie suchen eine Wohnung und wollen heiraten. Da bleibt ihm keine Zeit für etwas anderes...!"

Sie legte ihren Arm auf seinen Oberschenkel: „Und du? Hast du eine Freundin?"

„Ich hatte... während eines Streits fragte sie: Ich oder das Boot! Ich sagte: das Boot. Sie packte ihre Sachen und verschwand. Ich sah sie nie wieder. Ist ein gutes Jahr her. Sie mochte lieber den Trubel mit vielen Menschen – ich wollte lieber segeln mit ihr alleine; das war ihr zu langweilig auf die Dauer. Das Boot hat meine Freundschaft mit Hans unterbrochen und meine Beziehung zerstört. Du befindest dich also an Bord eines Unglückbringers! Aber sieh mal, dort liegt unsere Insel. Wir brauchen nicht zu kreuzen. Die Bucht liegt an der Südwestseite."

„Ein kluges Boot!" sagte Sonja, „Ohne diesen Gang der Ereignisse, wären wir jetzt nicht unterwegs!"

„Ja! Gefällt es dir?"

„Seit langem fühlte ich mich nicht so wohl wie heute!" lächelte sie.

Sie ging zum Bug. Seine Blicke folgten ihr. Elegant glich sie die Schiffsbewegungen aus. Sie hielt sich an der Bugreling fest. Ihr blondes Haar flog im Wind. Dann breitete sie die Arme aus, als wollte sie abheben.

Jens musste sich eingestehen, dass auch er sich seit langem nicht mehr so wohl fühlte wie heute. Aber er behielt es für sich.

Sie kam zurück. „Ich mag, wie du mich ansiehst!" sagte sie freimütig. Sie trug das Herz auf der Zunge.

„Beim Anblick von Schönheit, sollte man nicht wegsehen. Es wäre eine Missachtung der Schöpfung!" sagte er charmant.

„Das hast du schön gesagt! Danke! Bin ich etwa deine Muse?"

„Das kann gut möglich sein!" lachte Jens. „Ich kenne mich selbst nicht so liebenswürdig. Ich bin meist ein Brummbär!"

„Steht dir aber gut, die Liebenswürdigkeit!" lobte sie und ließ sich an seiner Seite nieder. Ihr Haar kitzelte seine Schulter. Er bekam eine Gänsehaut.

In der Bucht ließ der Wind deutlich nach. Sie machten kaum noch Fahrt. Er gab die Segel frei und warf den Anker aus. Die Leine spannte sich; das Boot kam zum Stehen. Man konnte bis zum Grund sehen. Er bestand aus Korallenschutt. Zum Land hin war der Schutt bereits zu feinem Sand zermahlen. Jens ließ eine Strickleiter herunter.

„Wollen wir rüber schwimmen?" fragte er. „Es gibt eine Menge Kokosnüsse. Wir nehmen einen Korb mit!"

„Natürlich schwimmen wir an den Strand, ich bin schon so gespannt!" kicherte sie.

„Wieso gespannt?"

„Ob du schwimmen kannst, oder ob du eine Badehose brauchst!" lachte Sonja.

„Ehm ja! An sich brauche ich keine Badehose. Aber ich möchte dich nicht kompromittieren und anstößig wirken!" sagte er verlegen.

„Ich erteile dir hiermit die Erlaubnis. Übrigens, ich sehe auch mal gerne wieder einen Männerkörper. Trotzdem danke, dass du gefragt hast."

Er zog seine Kleidung aus und warf alles in die Kajüte, damit sie der Wind nicht an sich nimmt.

Sie sah ihn an von Kopf bis Fuß: „Steht dir gut, das Nichts! Übrigens, warum kompromittiere ich dich nicht, während du meinst, mich zu kompromittieren?"

Die Frage blieb unbeantwortet.

Er warf den Korb ins Wasser und sprang elegant hinterher. Sie ging behutsamer die Strickleiter hinunter. Gemeinsam schwammen sie zum Strand.

„Schön wieder mal festen Boden unter den Füßen zu haben!" sagte sie und strich das nasse Haar aus dem Gesicht. Überall lagen herabgefallene Kokosnüsse.

„Lass' uns ein bisschen laufen nach dem langen Stillsitzen." bat sie.

„Gerne aber pass etwas auf, dass du deine Füße nicht verletzt. Manchmal befinden sich Korallen unter dem Sand!"

„Danke für deine Fürsorglichkeit!"!

Sie nahm ihn bei der Hand und sie gingen entlang der Wasserlinie, so dass ihre Füße immer wieder überspült wurden. Dort war auch der Boden fester.

„Kennst du die Insel?" wollte sie wissen.

„Nicht wirklich! Sie ist ziemlich zugewachsen. Im Innern gibt es einen kleinen Teich mit kaltem Süßwasser. Der Norden und Osten ist felsig und rau. Irgendwann mussten hier mal Menschen gelebt haben, denn eigenartigerweise gibt es ein paar Nutzpflanzen mit Früchten, Mango, Bananen aber auch wilde Ananas."

Die Sonne stand im Rücken und sie sahen ihre Schatten vor sich im weißen Sand.

„Sieh unsere Schatten! Man kann sofort erkennen, wer das Mädchen und wer der Junge ist. Ich habe deutlich weitere Hüften als du!" sagte Sonja.

„Ihr habt ja auch eine andere biologische Aufgabe als wir!" sagte er sehr sachlich.

„So, und nun drehen wir uns zur Seite. Sieh mal einer an, da erkennt man doch deutlich Unterschiede. Und wie man sehen kann, haben wir beide noch nicht unter der Schwerkraft zu leiden. Nur unsere Uhren zeigen eine unterschiedliche Zeit an. Meine Brust zeigt zwei Uhr an und dein kleiner Zeiger steht immerhin auf vier Uhr."

Jens schüttelte lachend den Kopf: „Du hast vielleicht Einfälle..."

„Stören dich meine frechen Bemerkungen, Jensilein?"

„Nein, sie stören mich nicht. Zurückhaltung ist wohl nicht deine Stärke!" sagte Jens.

„Aber hier ist doch niemand, nur du und ich, zum Glück! In feiner Gesellschaft weiß ich mich schon zu benehmen. Ich mach gerne Spaß und hab' eben eine vorlaute Klappe!"

„Wir sollten ein paar Koksnüsse sammeln und uns auf den Rückweg machen. Zurück müssen wir kreuzen; es wird länger dauern!" sagte Jens.

„Hast du noch was vor? Sonja möchte nicht zurück. Nun mal im Ernst. Wir haben hier alles, was wir brauchen. Wir können doch hierbleiben. Auf uns wartet niemand, wenn ich das richtig verstanden habe. Ich finde es herrlich hier, nur wir beide und schon so splitternackt. Ich fühle mich rundum wohl. Was meinst du? Oder willst du mich loswerden? Geh ich dir auf die Nerven?"

„Nein, du gehst mir nicht auf die Nerven. Wenn ich alleine hierher gefahren, wäre ich wohl auch hier über Nacht geblieben. Mit dir ist aber noch viel schöner, ich hätte nicht gedacht, dass ich mich so rasch mit dir anfreunden würde."

„Das hast du schön gesagt. Mir geht es genauso. Dafür hast du einen Kuss verdient!" Sonja legt ihre Arme um seinen Hals und küsste ihn etwas länger als geplant!"

Dann flüsterte sie: „Aber dass du mich gleich aufspießen musst... Aber ich versteh' schon, es braucht ja nicht beim Anfreunden bleiben!"

„Entschuldigung, es ist einfach so in mich gefahren..."

„Schon gut! Es ist ja nichts passiert. Ich glaube, wenn es nicht passiert wäre, hätte ich eher Grund zur Sorge!"

Sie küsste ihn noch einmal, aber vorsichtig auf die Wange. Sie liefen bis zum Ende der Bucht und kehrten um. Sie spielten im Wasser und freuten sich über ihre verlängerte Zeit. Sie sammelten ein paar Früchte, hauptsächlich Kokosnüsse und schwammen kurz vor Einsetzen der Dämmerung zurück zum Boot.

„Wenn wir uns etwas zu essen machen wollen, sollten wir es gleich tun. Ich habe kein Licht an Bord!" mahnte er.

„Wie romantisch!" freute sie sich.

Nie hatten einfache Bohnen aus der Büchse so köstlich geschmeckt, wie an diesem Abend im Schein der untergehenden Sonne. Auch der Wind legte sich zur Ruhe. Mit einem prächtigen Farbenspiel wünschte die Tropensonne den beiden eine gute Nacht. Rasch eroberten erste Juwelen den Tropenhimmel bis er über und über mit funkelnden Sternen übersät war.

Sonja staunte: „Meine Güte, was für ein Aufwand nur für uns beide. Was meinst du, unten in der Kajüte ist es bestimmt etwas stickig; holen wir die beiden Matratzen an Deck; es ist warm genug?"

„Sehr gern! Es ist viel romantischer. Morgen früh, kurz vor Sonnenaufgang wird es etwas feucht vom Tau. Dann breiten wir die Badetücher über uns."

Sie legten die Matratzen nebeneinander auf das Vorderdeck, breiteten ein großes Frotteebadetuch darüber und ließen sich nieder. Sie schmiegte sich an ihn und sagte unerwartet ernst:

„Jens, ich hätte heute Morgen beim Aufstehen niemals gedacht, dass dieser Tag so enden würde. Es ist überwältigend. Ich liege hier mit einem Mann, den ich nur vom Sehen kannte, über uns das Universum bis zur Unendlichkeit; ich bin vollkommen ungeschützt, trage nicht einmal Kleidung und fühle nicht die geringste Angst, im Gegenteil, ich fühle mich geborgen, wie nie zuvor in meinem Leben. Wie wenig man doch braucht, um glücklich zu sein!" Sie schmiegte sich noch enger in seinen Arm.

„Ich beneide dich!" sagte Jens. „Du kannst so großartig sprechen. Ich bin oft sprachlos, mir fehlen die Worte.

„Das macht nichts. Ich spüre, dass du genauso fühlst wie ich. Vielleicht hast du sogar Recht; denn es gibt keine Worte, um das hier zu beschreiben. Es ist wunderbar, in deinen Armen zu liegen. Jens, ich würde dich so gerne küssen, um dir nahe zu sein; aber bitte verstehe das nicht als eine Einladung, mit mir zu schlafen. Es ist noch nicht so weit! Du wirst es erfahren. Aber ich will dich auch nicht in Bedrängnis bringen und ich hoffe, ich werde nicht schwach, wenn ich dich fühle. Ich bin dir nicht gram, wenn du meinen Kuss zurückweist!" Sonja sah ihn lange an.

„Sonja, auch ich kenne dich erst seit heute. Und wenn ich etwas an dir schätze, ist es dein Herz auf der Zunge, deine Unverstelltheit, dass du dich lebst, wie du dich fühlst. Du bist vollkommen authentisch. Was ich bewundere, sind all die Schattierungen deines Gefühlslebens. Ich bin ein großer Junge; sorge du für dich, nimm keine Rücksicht; ich komme klar. Ich hoffe, ich werde diese Eigenschaft von dir lernen. Vor allem, habe niemals Angst vor mir."

Sie lächelte, strich sich die Haare aus dem Gesicht, beugte sich über ihn und küsste ihn lange, sehr lange, sehr, sehr lange, selbst länger, als sie erwartete... aber dieser Kuss war so schön, warum ihn unnötig beenden? Und warum ihn nicht wiederholen? Küsse können so viel erzählen... und dann dieses verrückte Kribbeln im Bauch – nie soll es aufhören. Seine Hand streichelt ihren Rücken, sogar etwas darunter. Meine Güte, seit wann hatte sie so einen empfindsamen Po?

„Geht's dir gut? Geht's dir so gut wie mir?" fragte sie etwas besorgt.

„Es könnte mir nicht besser gehen!" antwortete er und biss ihr in die Nase.

„Du bist anders als andere!" sagte sie.

„Gewiss bin ich das! Irritiert dich das?"

„Ja, aber im angenehmen Sinne! Andere hätten nicht nur in meine Nase gebissen. Vielleicht hätte ich dieses Mehr sogar geschehen lassen... und danach hätte ich einen Kater, wäre vielleicht sogar davon gelaufen. Aber hier kann ich das nicht und ich will es auch nicht; und ich beherrsche dieses übers Wassergehen auch gar nicht!"

„Er strich das Haar von ihrem Ohr und sagte: „Ich möchte auch nicht, dass du dich in einer Falle fühlst. Du bist mir zu kostbar; dein Wohlfühlen liegt mir am Herzen."

„Ich bin dir kostbar? Soooo....! So etwas hat noch niemand zu mir gesagt. Aber alles war irgendwann immer das erste Mal! Unser erstes Mal soll nicht das letzte Mal sein!" Sie legte ihr Kopf auf seine Brust.

Sie flirteten sich in den Schlaf. Dann war es still, unendlich still, nur ab und zu gluckste Wasser an den Rumpf des Bootes, das sie beide trug. Es hatte sein Image als Unglücksbringer verloren. Es war zum Glücksbringer aufgestiegen. Darüber freute sich das Boot.

Die Morgensonne griff mit rosa Finger über die Hügel ihrer kleinen Insel. Jens hatte gegen Morgen ein weites Badetuch über sie beide gebreitet. Sie räkelten sich wach, strahlten sich an. Kein Katzenjammer wegen Versäumtem in der letzten Nacht. Jens sah ihr förmlich den Schalk in ihren Augen an.

„Du hast mich wach gepiekt, dafür musst du das Frühstück machen!" bestimmte sie.

„Das Frühstück wartet drüben auf der Insel. Dort können wir uns auch von den Sünden der letzten Nacht reinigen!"

„Wo bleibt mein Morgenkuss!"

„Kommt sogleich!"

„Du schmeckst noch genauso gut wie gestern!" gestand sie.

„Heute können wir den ganzen Tag an Land bleiben. Dann müssen wir aber ein paar Dinge mitnehmen, auf alle Fälle meine Machete und Sonnenöl! Die Machete brauche ich, um dich immer und zu jeder Zeit zu beschützen und das Sonnenöl, um unsere Haut zu schützen, ein Feuerzeug, falls wir etwas grillen wollen. Ich habe ein schwimmendes Gefäß, wo wir alles reintun können. Geh du zuerst ins Wasser, ich reiche dir dann alles."

Sie nickte und holte noch ihre Sandalen. Sie schwammen an Land, legten alles am Strand ab und er führte sie zu dem kleinen Teich im Innern der Insel. Der Weg dorthin war fast vollständig zugewachsen, so dass er oft seine Machete einsetzen musste. Sie fanden auch Bäume voll mit reifen Früchten, die sie auf dem Rückweg einsammeln konnten. Der kleine Wasserfall floss spärlich, aber immerhin er floss. Das Wasser war sehr kühl und erfrischend. Sie nahmen ihr Morgenbad. Jens besorgte auch zwei große Blätter von wilden Bananen. Sie sollten ihnen als Unterlage am Strand dienen. Im Schatten zweier geneigter Palmen ließen sie sich auf den riesigen Bananenblättern nieder und genossen die frischen Früchte.

Rasch stieg die Sonne und schenkte den beiden einen herrlichen Tropentag. Der Wind frischte auf und brachte etwas Kühlung. Das erste verspielte Bad im glasklaren Wasser ließ nicht lange auf sich warten. Die Sonne trocknete ihre Haut.

„Wir müssen uns dringend einschmieren!" mahnte sie. „Ich oder du zuerst?"

„Du zuerst! Deine Haut ist empfindlicher!"

Sie reichte ihm das Sonnenöl. Er blickte sie an. Sie blickte ihn an: „Soll ich doch noch einen Sonnenbrand bekommen, bevor du mich einölst?"

„Alles?" fragte er, denn gestern war noch alles anders.

„Alles!" bestätigte sie.

Er begann bei den Schultern und dem Rücken, dann den Hüften und dem süßen Po...Bei der Vorderseite war er behutsamer.

„Die Partien, die üblicherweise nicht am Sonnenbad teilnehmen, sollten besonders gründlich eingerieben werden!" mahnte sie mit Nachdruck.

Um ihre Beine zu versorgen, kniete er nieder, so dass sie sich an seiner Schulter stützen konnte, als sie erst den einen dann den anderen Fuß auf seinen Oberschenkel abstellte.

„Es steht dir gut, wenn du vor mir niederkniest!" neckte sie.

Dann war sie an der Reihe: „Für dich gilt natürlich das Gleiche: Die Partien, die üblicherweise nicht am Sonnenbad teilnehmen, müssen besonders gründlich eingerieben werden!" Was sie dann auch tat. Die Folgen waren nicht zu übersehen; es irritierte sie nicht, zumindest ließ sie sich nichts anmerken. Anschließend ließen sie sich Rücken an Rücken im Schatten der beiden Palmen nieder. Das war besonders bequem und nah; und ihr Haar kitzelte seine Schultern.

Nach einer Weile begann sie: „Jeeeens, ich möchte nicht, das du glaubst, ich müsse alles zerreden..."

„Ich glaube das nicht!" sagte er.

„Schön, dass du das nicht glaubst. Ich kann auch nicht anders!" Sie machte eine Pause: „Findest du nicht, dass es zwischen uns ganz schön britzelt?"

„Das war auch nicht zu übersehen!"

„Bitte Jens, mach' da keine Sache draus. Du bist ein gesunder Mann. Glaub mir, es gibt bedauernswerte Männer, die in dieser Hinsicht nicht so vital sind. Bei dir war es sichtbar, bei mir war es nicht sichtbar. Aber da liefen ganze Bataillone an

Ameisen durch meinen Unterleib. Die Natur spricht eine deutliche Sprache. Aber erlaube mir, dir ein paar Fragen zu stellen!"

„Du kannst mich fragen, was immer du willst!"

„Danke! Es sind wahrscheinlich immer die gleichen Fragen, die nur die Frauen stellen. Also, was bedeutet dir, mit einer Frau Sex zu haben?"

„Es mag dich überraschen, ich bin kein Mann von der Stange! Ich kann nicht mit einer Frau schlafen, die mir sonst nichts bedeutet!"

„Wie, das verstehe ich jetzt nicht?" staunte sie.

„Meine Güte, die Voraussetzungen dafür geschehen einfach nicht!" sagte er etwas ungehalten, weil ihm das Thema unangenehm war.

„Ich verstehe... aber bei mir...!"

„Eben!"

„Das hieße ja, dass ich dir nicht gleichgültig bin! Aber warum sagst du das denn nicht einfach?"

„Na, ein paar kryptische Hinweise hat es schon gegeben!" sagte Jens.

„Die waren dann aber sehr kryptisch!"

„Ich bin noch nicht zu Ende! Ich bin nicht daran interessiert, möglichst viele Mädels ins Bett zu bekommen. Ich möchte Qualität nicht Quantität. Qualität ist rar. Aber ich verstehe noch immer nicht warum es dir geht!"

Sie schwieg eine ganze Weile: „Ich bin innerlich zerrissen. Die Natur verlangt nach dir. Mein Herz will aber nicht missbraucht werden. Mir geht es da wie dir. Ohne emotionale Verbindung, ohne etwas mehr als Verliebtsein, empfinde ich einfach nichts. Wenn ich mich dennoch einlasse, fühle ich mich benutzt. Mir geht es schlecht danach, mir ist übel. Weißt du, ich möchte danach jubeln, nicht wegrennen und heulen."

„Da sind wir nicht weit auseinander. Das ‚danach' ist sehr wichtig. Will man danach nichts als weg, bleibt man vielleicht nur aus Anstand, dann ist es gründlich misslungen. Wenn aber was bleibt, so etwas wie ein großartiges Danke für das herrliche gemeinsame Erlebnis, oder ‚hoffentlich trifft man sich recht bald wieder', ein Gedanke wie, so schön kann ich es nur mit ihr genießen, wo sich gar nicht mehr die Frage nach Treue stellt... Dann war es ein guter Anfang. Denn mal ehrlich, das erste Mal ist nicht gerade eine Meisterleistung. Aber man weiß sich auf einem guten Weg und den will man gehen."

Er schwieg.

„Gestern sagtest du noch, du könntest nicht gut reden, dir würden die Worte fehlen, und heute beweist du das Gegenteil! Heute hältst du ein Plädoyer, wie es überzeugender nicht sein kann. Ich habe dich sehr gut verstanden, es bleibt ein Risiko. Vermutlich ist die Liebe nichts für Feiglinge!"

„Da hast du Recht! Aber lass uns für diesmal aufhören. Ich habe das Gefühl, dass wir uns keine unnötigen Sorgen machen müssen. Wir sind auf einem guten Weg. Bisher ist es doch nicht dumm gelaufen, oder?"

„Nein, da hast du nun mal ausnahmsweise Recht! Lass uns am Strand laufen. Nur eine Frage noch, begehrst du mich?"

„Ja!"

Sie erhoben sich und gingen Hand in Hand entlang der Wasserlinie. Sie legte ihre Hand über seine Schulter, er seine um ihre Hüfte. Sie legt den Kopf an seine Schulter. Ihr Haar kitzelte ihn, so dass er eine Gänsehaut bekam. Sie machte sich los und wollte vor ihm gehen. Natürlich sah er sie an, dieser sanfte Swing in den Hüften...diese hübschen Beine und all das dazwischen. Plötzlich blieb sie stehen, er nicht. Er umfasste sanft ihre Hüften und streichelte alsdann ihren weichen Bauch. Sie atmete tief ein. Sie schlang ihre Arme rückwärts um seinen Hals. Sie küssten sich wie Ertrinkende. Seine Hände glitten ihre Vorderseite entlang, umfassten ihre Brust, die sofort reagierte... wieder hinab zu ihren Beinen, dorthin, wo sie sich trafen. Ihr Kuss wurde stürmischer...wieder hinauf entlang ihren Konturen zu ihren Achseln. Sie hing schwerer an seinem Hals, zog ihn hinab auf den Sand, in das sanfte Spiel der anspülenden Wellen, wand sich über ihn, beugte sich hinab, damit der Kuss anhalte. Sie spürte sein Verlangen und lächelte in den Kuss. Jetzt war sein Begehren auch ihr Begehren. Nichts hielt sie mehr auf. Dämme brachen, Schleusen öffneten sich...Sie lachte über das, was mit ihr geschah. Gewiss, ein paar Seevögel wurden aufgescheucht und kreisten ratlos über ihrem Territorium. Sie sah ihn an, begeistert über seine Lust, die er mit ihr teilte.

„Hör' bloß nicht auf!" jubelte sie. Die Wellen des Meeres und die ihrer Emotionen schlugen über ihnen zusammen. Sie tauchten ein und hoben ab, wirbelten durch unbekannte Wunderwelten, landeten sanft.

Ihre Augen erlaubten ihm freimütigen Zutritt zu ihrem erfüllten Inneren. Doch bald kehrte der Schalk zurück. Sie lächelte, er lachte, sie lachte, er lächelte, dankbare, verspielte Küsse.

„Habe ich dich jetzt... oder hast du mich jetzt...?" wollte sie wissen.

„Wir haben uns...!" sagte er.

„Was haben wir uns?"

„Wir haben uns zum ersten Mal geliebt!" sagte er liebevoll.

„Danke, für deine Nachhilfe. Ohne dich hätte ich nicht die richtige Bezeichnung dafür gefunden!" dankte sie. „Aber für gewöhnlich ist dabei der Mann oben!"

„Bei uns ist eben alles anders!"

„Mein lieber Mann, lass dir eines sagen, mach mich bloß nicht süchtig nach dir!" drohte sie.

„Das ist bereits geschehen!" sagte er frech.

„Auch gut! Dann muss ich eben lernen, mit der Sucht zu leben! Mein Vorschlag, du lernst gleich mit, mit meiner Sucht zu leben! "

„Schatz, du hältst mich immer noch besetzt! Willst du mich nicht freigeben?" fragte er höflich.

„Das könnte dir so passen! Du willst mir nur bei der erstbesten Gelegenheit davonlaufen."

„Das werde ich gewiss nicht! Merkst du denn nicht, dass ich bereits Wurzeln in dir geschlagen habe?"

„Das merke ich sehr wohl, obwohl deine Wurzel deutlich geschrumpft ist. Ich will auf keinen Fall, dass du dein zartes Pflänzchen wieder herausreißt."

„Das wird sich nicht vermeiden lassen. Aber es ist bereits eine Saat ausgelegt."

Sie bog sich vor Lachen, so dass sie sich alsbald nach einem flammenden Kuss erhoben. Sie stürmten ins tiefere Wasser, wo sie in der Schwerelosigkeit des warmen Wassers herzhaft miteinander spielten. Als sie genug hatten, legten sie sich in den Schatten zweier großer Palmen, wo sie ihre beiden großen Blätter als Unterlage ausgebreitet hatten. Etwas

Ruhe und Nachdenklichkeit kehrte ein. Sie schmiegte sich in seinen Arm.

„Darf ich dich was fragen?" raunte sie in sein Ohr.

„Nur zu!"

„Vorhin hast du gesagt, wir hätten uns geliebt. Es gibt abwertende Begriffe dafür...aber du hast gesagt, wir hätten uns geliebt! Was ist denn Liebe für dich? Wir kennen uns gerade mal zwei Tage...."

„Ich empfand es in diesem Augenblick so, wie ich es sagte!" sagte Jens. „Ich las einmal eine bemerkenswerte Bezeichnung für das, was Liebe sei. Ich hoffe, ich bekomme das noch richtig zusammen, denn es gilt für beide Geschlechter. Also, wenn ein Mann plötzlich aufhört, andere Frauen wahrzunehmen, wenn all die Vertreter des anderen Geschlechts für ihn einfach nicht mehr existieren, wenn er merkt, dass er mit keiner anderen Frau zusammen sein will, wenn er fühlt, dass er nur noch mit dieser ganz besonderen Frau schlafen will, dann weiß er, dass er sie liebt. Das seien die Symptome für Liebe."

Sie beide schwiegen sehr lange. Dann sagte sie: „Gilt das gleiche auch für die Frau? Wenn ich in deiner Definition Mann, durch Frau ersetze und umgekehrt, gilt das dann auch für mich?"

„Ja, versuch es!"

„Hilf mir dabei! Also, wenn eine Frau plötzlich aufhört, andere Männer wahrzunehmen, wenn all die Vertreter des anderen Geschlechts für sie nicht mehr existieren, wenn sie merkt, dass sie mit keinem anderen Mann mehr zusammen sein will, wenn sie fühlt, dass sie nur noch mit diesem ganz besonderen Mann schlafen will, dann weiß sie, dass sie ihn liebt! ... Wunderbar! Das trifft auf mich zu!"

„Ja, das ist es!" er küsste ihre Wange.

„Meine Güte, was war ich doch nur für eine dumme Kuh und habe versucht, alles zu zerreden, abzusichern und dabei ist alles ganz einfach!"

„Ja, das ist es! Es ist ganz einfach! Übrigens, ich möchte nicht, dass jemand meine Freundin als ‚dumme Kuh' bezeichnet, auch du nicht! Du warst hilflos, genau wie ich! Wir konnten es nicht besser!"

„Ist doch aber nicht schlecht gelaufen?"

„Nein, das ist es nicht!"

„Also, wenn wir jetzt schon mal bei der Rückschau sind, dann will ich auch ein Geständnis machen, damit du weißt, was ich für eine bin!"

„Du machst mich neugierig!"

„Gut! Hoffentlich zerschlage ich nicht wieder Porzellan... Also, ich hatte dich schon länger im Auge. Ich sah dich öfter in dieser Marina und ich machte mir Gedanken über dich: Was ist denn das für einer? Du machtest auf mich den Eindruck eines freundlichen, gutmütigen Bernhardiners, etwas ungelenk, tapsig, den nichts erschüttern kann, ein Fels in der Brandung, etwas slawisch melancholisch, introvertiert, unberührbar, abweisend, gefangen in einem Netzwerk vergangener Frustrationen, mit einem Wunsch dazuzugehören zu den Leichtfüßigen, Unkomplizierten und mit ungeheurem Tiefgang..."

Jens schüttelte den Kopf, teils überrascht, teils bewundernd, teils demaskiert. Dass sich jemand fremdes sich so sehr mit ihm beschäftigt hatte, erstaunte und berührte ihn. Er widersprach nicht.

Sie fuhr fort: „Ich empfand dich als eine Herausforderung. Du gefielst mir und ich nahm mir vor, mit dir zu spielen, zu kokettieren. Ist der Panzer wirklich undurchdringlich? Ich gebe zu, ich war wie ein kleines Mädchen, das herausfinden wollte, wie oft kann sie einen Bernhardiner am Ohr ziehen, bevor er sich wehrt. Ich bin manchmal so! Ich wollte sehen, ob eine Frau dich etwas aufmuntern und auflockern, vielleicht dich sogar auflodern lassen kann. Den Rest kennst du ja. Allerdings hätte ich keinen Plan B gehabt, wenn du dich nicht so verhalten hättest, wie du hast. Immerhin, ich war rasch aus meinen Kleidern und dir konnte ich die Idee, eine Badehose anzuziehen, schnell ausreden.“

„Ich mochte deine Spielchen und war gespannt, was als nächstes kommt. Du warst witzig und einfallsreich – und erotisch unterhaltsam.“

„Das will ich doch schwer hoffen, dass du mich erotisch unterhaltsam findest! Da habe ich noch ein reiches Repertoire!“

„Sonnige Sonja, sollten wir nicht noch über etwas viel wichtigeres sprechen?“ meinte Jens.

Sie war etwas erschrocken, als sie merkte, dass er das Spielerische verließ: „Bitte, Jensilein, nicht Sonja ausbremsen!“

Er ließ sich nicht umstimmen: „Das, was wir taten, könnte Folgen haben!“

Sie lächelte: „Wir haben etwas sehr Schönes getan und damit es gleich weißt, ich wünsche mir, dass wir das noch sehr, sehr oft tun! Und es wird ohne Folgen bleiben, auch wenn sich dein Babymacher noch so sehr anstrengt. Ich hatte vor ein paar Jahren einen Schwangerschaftsabbruch...nie wieder! Ich bin ein Blindgänger. Es wäre schade, wenn du dir dein Leben mit süßen, kleinen Babys vorstellst, die sich früher oder später zu unerträglichen Monstern auswachsen.

Wenn du Babys möchtest, musst du wo anders anklopfen! Aber jetzt komm rasch wieder zurück auf unsre rosa Wolke, mach hinter dir Tür zu, es zieht!"

Jens war beruhigt. Nein, er konnte sich auch nicht als Papa vorstellen: „Danke, übrigens wir haben lange nicht geküsst!"

„Schön, dass du es auch vermisst. Küss mich und lass dir viel Zeit dabei!"

Während des Kusses prüfte sie seine Verfügbarkeit. Er war verfügbar.

„Komm!" bat sie „Lass mich nicht länger warten, wir haben viel nachzuholen!"

Sie liebten sich ein weiteres Mal, diesmal aber viel entspannter und sehr viel länger. Nach glücklicher Rückkehr ruhten sie aus von all den Turbulenzen an einem einzigen Morgen. Der Schatten wanderte und zwang sie, ihr Lager zu verlagern.

„Du bist gut im Bett!" sagte sie direkt.

„Das kann ja wohl nicht stimmen! Wir waren noch nie im Bett!" korrigierte Jens.

„Schon, aber wie soll ich denn sagen, dass es mir gefällt, wie du mich..."

Er unterbrach sie: „Ich dich nicht, du mich nicht! Wir sind das beide. Einer alleine, das geht nicht so richtig! Und du weißt, küssen kann man auch nicht alleine!"

„Trotzdem, ich höre es so gerne! Was hast du mich?"

„Ich habe dich geliebt!" sagte er.

„Und nichts anderes?"

„Nichts anderes!"

„Gefällt es dir mit mir?"

„Es ist wunderschön, wie du reagierst und mitspielst; das ist sehr an- und aufregend. Du hältst dich mit nichts zurück, auch nicht mit deiner Stimme. Hoffentlich bekomme ich auf die Dauer kein Ohrenleiden."

„Das höre ich sehr gerne; das musst du mir immer wieder sagen. Das mit dem Ohrenleiden tut mir Leid; vielleicht versuchen wir es beim nächsten Mal mit einer anderen Position?"

Er führte sie zum Wasserfall, diesmal auf einem anderen Weg mit weniger Unterholz aber hohen mächtigen Bäumen. Einer war besonders eindrucksvoll; es war ein Banyan-Baum mit einer verwirrenden Zahl an Luftwurzeln.

„Er erinnert mich an deine Bemerkung, dass du bereits Wurzeln in mir geschlagen hast. Ich wünsche, es wären so viele wie bei diesem Baum." sagte sie verträumt.

„Dieser Baum brauchte hunderte von Jahren, um diese Wurzeln in die Erde zu treiben. Hab also Geduld mit uns!" sagte Jens

„Ich meine ja nur, dass wir recht fleißig sein sollten! Übrigens, es hat mir sehr gut gefallen, wie du dich mir von hinten genähert und umarmt hast und nach all meiner Weiblichkeit gegriffen hast, das war so zupackend. Das hat mich total eingestimmt. Ich mag dich zupackend! Was hat dich denn so umgestimmt?"

„Du warst auch nicht gerade zimperlich beim Zupacken, als du mich mit Sonnenöl eingerieben hast!" erinnerte er sie.

„Na ja, ich wollte vorbeugen. Auf keinen Fall sollte dein Gerät wegen Sonnenbrand unbrauchbar sein, wenn es zum Einsatz kommen sollte!"

„Dir gehen wohl nie die Bezeichnungen aus!" lachte er.

„Da hast du Recht! Werden wir eine weitere Nacht hier bleiben?"

„Gerne, es ist so schön mit dir hier und ich mag die Art, wie wir leben und miteinander umgehen!"

Sie flog ihm um den Hals, hauchte ein ‚Danke' in seinen Mund und küsste ihn herzhaft.

„Ich sollte allerdings einen Funkspruch an unsere Hafenbehörde senden, dass wir wohlauf sind und dass es uns gut geht. Sie führen Buch über alle auslaufenden Boote. Ich möchte nicht, dass sie uns als vermisst melden. Sonst schicken sie noch Suchboote; die tauchen dann hier auf und sehen uns hier, wie wir hier als Adam und Eva leben...

„...und uns sehr, sehr lieb haben!" ergänzte Sonja.

Sie kehrten zurück zu ihrem Strand. Wieder mussten sie ihr Lager verändern, um im Schatten zu liegen. Sie schwammen und spielten und dösten und waren sehr glücklich miteinander. Gegen Abend kehrten sie mit einem Korb frischer Früchte zum Boot zurück. Jens informierte die Hafenbehörde und machte ein paar Logbucheinträge.

„Hast du auch eingetragen, dass wir uns heute zweimal geliebt haben?"

„Nein, das sind keine schiffs- und seefahrtrelevanten Daten!" sagte er.

„Schade, dann hätte ich dich gebeten aus der zwei eine drei oder vier zu machen! Ich schlage vor, wir führen ein Logbuch unserer Beziehung. Wir schreiben beide getrennt unsere Kommentare und wir können auch immer die des anderen lesen."

„Das ist keine schlechte Idee!" gab Jens zu. „Übrigens, vermisst du etwas als Frau?"

„Ich vermisse dich immer und ständig. Die Pausen zwischen zwei Küssen sind einfach zu lang. Und dann habe ich schon wieder Appetit...!" Sonja gab sich innerlich einen Ruck: „Du meintest die Frage gewiss anders. Ich vermisse Kamm und Bürste. Mein Haar braucht Pflege."

„Beides ist da! Ich bring es dir!"

„Von deiner früheren Freundin?"

Jens antwortete nicht. Nach einer Weile sagte er: „Ich möchte mit dir morgen ein Ritual machen!"

„Was denn für ein Ritual? Wird es gut für uns sein?" fragte sie ängstlich.

„Ich denke schon, es wird für uns beide gut sein. Aber lass dich überraschen.

Sonja war etwas aufgescheucht. Sie reichte ihm Kamm und Bürste: „Ich möchte immer schön und gepflegt für dich sein. Im Augenblick ist mein Haar mein einziger Schmuck. Kämmst und bürstest du es für mich durch?"

Sie setzte sich zu seinen Füssen und er begann behutsam ihr schulterlanges Haar zu bürsten. Es war schon leicht verknotet und er gab sich alle Mühe, ihr nicht weh zu tun.

„Es steht dir gut, das blonde Haar und der nahtlos gebräunte Körper." sagte Jens.

„Das hör' ich gern und immer wieder gern. Aber es sind nicht nur die Sonnenstrahlen, die mich bräunten!"

„Und das wäre?"

„Deine Blicke! Du glaubst, ich bemerke es nicht! Ich bemerke immer, wann und wie du mich ansiehst, selbst wenn ich dir den Rücken zukehre. Und das prickelt auf meiner Haut. Ich mag das. Manchmal kribbelt's dann auch in meinem Bauch. Ich kann nichts dagegen tun, ich will es auch nicht."

„So, und wie sehe ich dich an?" fragte er und fühlte sich ertappt.

„Begehrend und natürlich dorthin, wo wir uns unterscheiden, das spezifisch Weibliche eben. Das tut mir gut, denn ich leide noch etwas unter den Umständen, die zur Trennung von meinem früheren Freund führte. Nicht die Trennung an sich schmerzt, aber dass er mich zu knabenhaft, zu wenig weiblich, zu wenig üppig bezeichnete. Ich konnte ja nichts daran ändern. Meine Nachfolgerin war dann auch dementsprechend. Deine Blicke heilen. Sprich bitte über das, was du dir anschaust; sag mir was dir in den Sinn kommt!"

Jens spürte ihre Verwundung. So überlegte er etwas:

„Man sagt, Liebe mache blind! Das stimmt nicht! Das Gegenteil ist der Fall. Liebe öffnet die Augen, man sieht Dinge die ein Nichtliebender nicht sieht. Man sieht die wahre Schönheit, den Plan des Schöpfers; man sieht, was vielleicht verschüttet ist; Liebende sehen das gesamte Kunstwerk. Menschen kleiden sich, verkleiden sich, maskieren sich. Liebende entkleiden sich, teilen ihre Schönheit miteinander; Liebende schämen sich nicht; sie wissen, dass sie so gesehen werden, wie sie sind. Liebende sind ungeschützt, verwundbar und dennoch höchst empfänglich! Man liebt eine Frau nicht wegen ihres großen Busens. Der Anblick kann allenfalls den Mann sexuell stärker stimulieren."

Sonja umschlang seinen Oberschenkel und legte ihre Wange an seine Haut: „Du sprichst so schön...Du sprichst, wie du liebst... hör' bitte nicht auf!"

„Du hast Recht, ich seh' dich gerne an, oder poetischer, meine Blicke ruhen gerne auf dir. Ich weiß, wie du deine hübschen Füße setzt, immer darauf bedacht, dich nicht zu verletzen. Du hast wunderschön geformte, lange Beine. Dir beim Gehen zuzusehen, ist ein besonderes Erlebnis. Deine Hüften sind sehr elegant weiblich, nicht üppig - ich würde das auch nicht mögen – dadurch hast du einen wirklich herrlichen Po, und wenn du vor mir läufst und du gibst ihm den gewissen Schwung, dann gelingt's nicht mehr, wegzusehen. Deine Arme und Hände sind schön schlank, und wenn du sie um mich schlingst, dann denke ich auch, mögen sie sich nie wieder öffnen. Dann, deine Hände auf meiner Haut, der leichte Druck deiner Fingernägel… Bemerkst du nicht meine Gänsehaut? Deine Brust scheint dir ein Problem zu sein; es ist ein eingebildetes Problem. Deine Brust ist fest und ästhetisch geformt; sie ist gerade so groß, dass sie hervorragend zu deiner Gesamtkomposition passt. Wäre sie größer, sähe es übertrieben und unnatürlich aus. Bitte kritisiere dich nicht selbst; dein Freund hat dich längst vergessen, vielleicht auch nicht, aber erlaube ihm nicht länger, dich zu bedrücken. Vielleicht hilft dir das Ritual morgen…

Doch was das schönste an dir sind deine Augen. Sie sind so mitteilsam. Du kannst reden, was du willst, ich brauche nur in deine Augen zu sehen, um zu erkennen, wie du es meinst. Ich erkenne den Schalk, ich lese darin den Wunsch nach einem Kuss oder nach mehr… Deine Augen können nicht lügen. Um alles in einem Satz zu sagen, ich möchte, dass du nichts an dir veränderst!"

Sie küsste seinen Oberschenkel, hauchte ein ,Danke' und musste dann noch einmal in sein Bein beißen.

Jens ergänzte: „Ein Mann möchte, dass sich seine Frau nicht verändert und so bleibt, wie er sie geheiratet hat. Die

Frau will aber, dass sich ihr Mann grundlegend ändert und zwar in ihrem Sinne."

„Das will ich aber nicht! Bleib so wie du bist und überrasch' mich immer wieder." sagte sie warm.

Die Dämmerung tauchte die Welt in eine unbeschreibbare Farbenpracht. Im Osten der Insel zogen finstere Wolken auf. Sie sahen Blitze und hörten Donner. Ein kräftiger Regen ergoss sich über ihr kleines Paradies. Sonja schmiegte sich ängstlich an ihn. Jens beruhigte sie. In den Tropen sind kurze, kräftige Gewitter etwas ganz Normales. Es tut den Pflanzen gut und wird den Badeteich auffüllen. Ein paar wenige Tropfen trafen auch sie und der Wellengang war etwas stärker. Aber schon bald regierte wieder die schlanke Mondsichel den sternenübersäten Himmel. Auch der karge Bohneneintopf aus der Büchse trübte ihre Stimmung nicht. Die Früchte aßen sie, wie es Liebende tun. Es tropfte gewaltig, aber sie brauchten ja keine Servietten. Bald fanden sie sich auf ihrem Lager und Mond und Sterne sahen neugierig zu, was sie da taten. Nun, sie küssten und spielten und erhitzten sich dabei:

Sie sagte frech: „Ich will dich auf der Stelle an Ort und Stelle."

Er sagte: „Hey, das müssen wir jetzt ausdiskutieren! Wenn ich nun nicht einsatzbereit wäre...?"

„Bist du aber! Ich warne dich, ich kann fürchterlich schmollen! Was dann?"

„Dann würde ich dich übers Knie legen und all meine gute Erziehung vergessen, und dir kräftig den Hintern versohlen."

„Das würdest du tun? Das wünsche ich mir so sehr. Ich bin entsetzlich frech zu dir und du legst mich übers Knie und versohlst das, was du vorhin noch als so schützenswert bezeichnet hast. Ich würde glühende Tränen vergießen. Dich würde bittere Reue packen, mich um Verzeihung bitten und mich zwei Stunden lang - wie nenn' ich das jetzt – heilen."

Jens schüttelte nur lachend den Kopf: „Du denkst wohl nur an das eine!"

„Natürlich tu ich das, genau wie du. Wir sind unsere einzige Unterhaltung, und ich unterhalte mich leidenschaftlich gerne mit dir. Du bist so herrlich ungebildet – du weißt nichts über die Frauen. Ich habe einen großen Appetit und wie ich immer wieder feststellen kann, ist dir der Appetit auch nicht vergangen. Wir haben ideale Voraussetzungen: du kannst mir nicht weglaufen, du wendest dich nicht ab und stellst den Fernseher an, nichts lenkt uns ab; wir stören niemanden und weißt du was Schöneres? Übrigens, eine Frau abzuweisen soll eine schwere Sünde sein! Und du weißt es längst, ich habe die Visapflicht für mein gesamtes Territorium abgeschafft. Du hast immer und zu jeder Zeit unbeschränkten Zutritt."

Jens lachte wieder: „Hört dein Gespöttel den nie auf?"

„Doch, wenn du mir mein Mäulchen stopfst! Lass mich doch nicht immer so betteln! Einmal mit den Fingern zu schnipsen sollte doch genügen! Wenn ich der Junge wäre und du das Mädel, dann würdest du dich aber umgucken... Aber was rege ich mich nur immer so auf...Beruhige mich mit deiner Methode."

Jens beruhigte sie.

„Na, siehst du, es geht doch. Und bitte, bleib recht lange. Das erspart dir eine weitere Rüge!"

Dann legte sie unendlich sanft ihre Arme um seinen Hals und küsste ihn und ließ ihn wissen, wie wohl er ihr tat. Kleine konzentrische Wellenringe bildeten sich um das Boot und sendeten die Botschaft der Liebenden über die Weiten des Ozeans. Den Rest der Nacht schliefen sie eng umschlungen und tranken neue Energie.

Sie erwachten erfrischt und begrüßten den neuen sonnigen Tag. Jens bat, sie besuchen zu dürfen; sie hatte keinen Einwand. So begann ihr Tag wie der vorangegangene geendet hatte. Wieder schwammen sie an Land und liefen zum Teich und Wasserfall. Das Gewitter hatte ihn anschwellen lassen, und der Wasserfall sprudelte reichlich. Das Wasser war kühl und glasklar. Der Wald war erfüllt vom Gesang der Vögel. Er half ihr, in das kühle Nass zu steigen.

„Ich möchte jetzt mit uns ein Ritual beginnen. Rituale sind einprägsamer und bewirken stärkere Veränderungen als Worte und Versprechen. Wir werden uns jetzt gegenseitig sehr gründlich waschen, wir reinigen uns symbolisch und befreien uns von der Last aus der Vergangenheit. Wir betreten danach frei einen neuen Lebensabschnitt; wir sind nun offen für das Neue und messen es nicht an Vergangenem. Ich zeig's dir und anschließend reinigst du mich.

Ich beginne bei deiner Stirn: Nie wieder werden dich Gedanken und Erinnerungen aus der Vergangenheit quälen. Als nächstes befreie ich deine Schultern von der Last, die dich niederdrückt. Nie wieder wirst du erlauben, dass andere ihr unbewältigtes Gepäck auf deinen Schultern ablegen. Ich wasche jetzt nicht deine Brüste sondern dein Herz, das dahinter schlägt. Es wird ebenfalls von nun an losgelöst von altem Schmerz frei und leicht schlagen. Es ist offen für eine neue Liebe. Ich wasche jetzt deinen Bauch, das Zentrum all deiner Emotionen. Auch dein Bauch ist nun frei von allem was dich peinigte. Nichts wird alte Erinnerungen wieder aufleben lassen. Ich wasche nun deinen Schoß; auch er wird sich nie wieder an vergangenen Schmerz und Enttäuschungen erinnern; er ist bereit, neue Lust zu erleben. Nie wieder wird ihn ein Gebot seine Freiheit beschränken. Halt dich fest und gib mir erst den einen dann den andern Fuß. Deine Füße werden von nun an neuen Boden betreten. Sie werden dich von nun an nur noch an Orte der Freude tragen. So sei es!"

Sonja war tief gerührt und sank in einen langen Kuss. Nun war sie an der Reihe, Gleiches an ihm zu vollziehen. Sie tat es mit großem Ernst und Hingabe. Auch ihn beeindruckten ihre Worte, die sie mit großer Leidenschaft sprach. Sie betonte, dass nie wieder Neues an Vergangenem gemessen werden soll. Anschließend ließen sich beide durch den Wasserfall überspülen, damit auch wirklich alles gelöscht wurde. Von nun an werden sie nie wieder über ihre Altlasten sprechen. Sie sind nicht mehr vorhanden. Die Konten waren gelöscht, Schuld und Sühne waren ausgeglichen.

Versonnen liefen sie den schmalen Pfad zurück in ihr neues Leben. Sonja war etwas unachtsam und trat sich einen Dorn in den großen Zeh. Beherzt griff Jens zu und trug sie zu ihrem Lager. Es gelang ihm nicht, den Fremdkörper mit den Fingern zu entfernen. Er nahm ihren Zeh in den Mund, um ihn zu reinigen und die Haut etwas zu erweichen. Mit den Zähnen konnte er den Splitter packen und herausziehen. Es blutete etwas. Er suchte ein frisches Blatt, eine Palmenfaser und verband die kleine Wunde.

Sonja dankte ihm liebevoll: „Dieses Ritual hat mich ganz tief berührt, daher war ich unaufmerksam. Ich will dich nicht ängstigen, aber es hat mich weit für dich geöffnet. Ich bin frei – für dich."

„Mir geht es ähnlich. Es wird noch eine Weile dauern, bis Heilung eingetreten ist. Wir müssen jetzt sehr wachsam sein. Vielleicht will dieser kleine Unfall eben uns ermahnen, erhöht wachsam zu sein."

Sie schwiegen eine Weile. Sonja teilte, was sie dachte: „Ich muss ständig an uns und unsere Lebensumstände denken. In dieser kurzen Zeit sind wir beide auf allen Ebenen schon so stark miteinander verflochten, dass man das nur als Wunder bezeichnen kann. Sicher sind unsere augenblicklichen Lebensumstände daran beteiligt; wir sind ständig auf einander fixiert, tun keinen Schritt ohne den anderen, nichts lenkt uns ab. Wir sind ein vollkommenes Liebespaar. Daher wollte ich deine Meinung wissen. Stell dir vor, du hättest hier auf dieser Insel alleine gelebt wie Robinson und eines Tages würde eine wildfremde Frau an den Strand gespült. Was würde geschehen. Würde auch in diesem Fall eine Liebesaffäre entstehen?"

„Das ist schwer zu sagen. Vielleicht sprechen sie verschiedene Sprachen. Sie wären gezwungen zu kooperieren. Die Kleidung wird nicht lange erhalten bleiben. Vielleicht werden sie Sex haben und feststellen, dass sie einander gut tun. Aber ob das ausreicht, dass eine Liebe entsteht? An sich beflügelt ein intensives Sexleben die Liebe, so wie die Liebe sexuelle Aktivitäten fördert. Eigenartigerweise sagt mein Bauchgefühl, dass eine Liebe entsteht. Was meinst du?"

„Ich denke ja! Wir sind angelegt zu lieben, aber vieles andere hält uns davon ab, hauptsächlich die Konkurrenz. Stell dir wiederholte Konfliktsituationen vor, dann kommt der Gedanke auf, mit jemand anderem geht's vielleicht einfacher. Aber wenn man keine andere Wahl hat, bleibt nur Liebe übrig. Man müsste mit Paaren experimentieren. Junge Ehe- oder Liebespaare sollte man für drei Monate in die Einsamkeit schicken und sehen, was passiert. Dass wir uns trotz der Abgeschiedenheit nach so kurzer Zeit lieben, kann aber auch kein Zufall sein."

„Wären wir zu Hause auch ein Liebespaar geworden?" wollte Jens wissen.

„Ich weiß es nicht! Die Chancen sind hier besser. Vielleicht haben wir sie deshalb bekommen. Egal und wie auch immer, ich bin hier sehr, sehr glücklich wie noch nie in meinem Leben." gestand Sonja und zog sein Kopf an ihre Brust. Die Sonne mahnte sie, sich sofort und gründlich mit Sonnenschutz zu versehen; und das taten sie denn auch mit großem Vergnügen.

Ihre Wunde am Zeh heilte überraschend schnell und Jens schlug ein weiteres Spiel vor: „Wir sehen uns immer aus größter Nähe. Ich möchte meine Liebste mal von der Ferne sehen, um sie zu bewundern. Wir stellen uns Rücken an Rücken und jeder geht 100 Schritte, dann drehen wir uns um und kommen uns langsam wieder entgegen."

Sie sah ihn skeptisch an; sie fühlte sich in seinen Armen wohler. Aber sie wollte kein Spielverderber sein. Jens war bezaubert von ihrer Schönheit und die Art und Weise, wie sie mit wiegendem Schritt auf ihn zukam. Beide machten die Erfahrung, dass sie umso schneller liefen, je näher sie sich kamen. Endlich hielten sie sich wieder eng umschlungen und spürten ihr Verlangen nach einander.

„Es war wunderschön, dich immer näher kommen zu sehen!" sagte Jens begeistert. „Es ist schade, dass wir Männer euch Frauen nicht auch so viel hinreißende Attraktivität bieten können."

„Ich tue es ja selten, aber hier möchte ich dir dennoch widersprechen. Du hast durchaus einen attraktiven Körper, den ich mir sehr gerne ansehe. Du hast kräftige Beine, zupackende Hände, eine breite Brust, an der es sich gewiss gut ausheulen lässt. Und dann dein verräterisches Schmuckstück, ein wahres Stimmungsbarometer..." lachte sie.

Sie ließen sich wieder auf ihrem Blattlager nieder. Sie war wieder ins richtige Fahrwasser gelangt und fuhr fort: „Es wundert mich etwas, dass unser ständiges Nacktsein unserer Sinne nicht ermüden lässt. Ich bemerke ja durchaus, dass dich mein Anblick immer wieder erregt. Das finde ich großartig! Aber wäre ein winziger, sexy Bikini nicht vielleicht aufregender?"

Jens schüttelte den Kopf: „Ich sehe dich gerne so und ich habe mich noch nicht satt gesehen. Mir gefällt diese Situation, wie Adam und Eva im Paradies. Und dieser ständige einfache Zugang zueinander fasziniert mich."

„Dann möchte ich dich bitten, es nicht bei der Faszination zu belassen. Dein Besuch ist längst überfällig!" lockte sie und gebot ihm, sich nieder zu legen. Sie schwang sich über ihn und galoppierte munter davon.

Danach fragte sie: „Jens, überfordere ich dich?"

„Nein, noch nicht!"

„Hast du Angst davor?"

„Ja, davor, dass ich dir nicht mehr all das geben kann, wonach du verlangst!"

Sie nickte: „Auch ich habe Angst! Angst davor, dass du meiner überdrüssig werden könntest und dass die Spannung sinkt. Wir müssen wachsam sein! Nur mach du dir keine Sorgen, dass du meinen Bedarf nicht befriedigen kannst. Wir sind erwachsen und eine kluge Frau versteht es immer, sich ihren Liebhaber verfügbar zu machen. Sei also unbesorgt. Es ist eine Tatsache, dass der Körper auf eine verstärkte Aktivität positiv reagiert. Man nennt das Training. Lass uns also fleißig trainieren!"

„Du magst diese Themen?" fragte Jens.

„Oh ja, es ist wichtig! Ich bin hier auch mutiger, unsere Zweisamkeit hilft, und du kannst mir nicht weglaufen!"

„Gut, dann erzähle mir mal, wie sich bei dir die Lust aufbaut?"

„Da kommen viele Dinge zusammen: das Umfeld der Verlässlichkeit und Beständigkeit. Du bist immer in meiner Nähe, das bedeutet Sicherheit. Deine Männlichkeit, dein Körper, deine Signale, deine Blicke beweisen, dass ich dir gefalle und dass du mich sexuell begehrst. Ich möchte dir meinen Busen zeigen, all meine weiblichen Attribute. Sie sollen dich zur Paarung einladen. Ich möchte berührt werden; du sollst dich überzeugen, dass ich bereit bin. Dein Kuss fährt wie ein Blitz in meinen Bauch und löst ein unbeschreiblich wohliges Kribbeln aus. Alles bereitet sich auf deinen Besuch vor. Diese Vorfreude steigert sich während des Vorspiels ins Unbeschreibliche; ich möchte es poetisch ausdrücken: wenn dein Besucher langsam meine Gemächer betritt, geraten meine Reaktionen außer Kontrolle; aber das bekommst du ja mit und ich verspreche dir, etwas mehr auf dein Gehör Rücksicht zu nehmen. Aber ich fühle mich hier ganz unter uns so sehr befreit! Es gibt noch viele Dinge, auf die ich nicht verzichten möchte. Darüber zu sprechen, fällt mir schwer. Aber ich werde sie dir zeigen."

Sonja machte eine lange Pause und genoss das Streicheln seiner Hände auf ihrem Rücken und Po: „Ich bin eben sehr, sehr glücklich hier!" ...und ihre Lippen drängten sich an seine.

Nach kurzer Entspannung im Schatten der Palmen an einem heißen Sonnentag machten sie ihren vertrauten Gang entlang der Bucht. Ein kurzer Druck von ihrer Hand und sie ging etwa zehn, zwölf Schritte voraus. Reizvolles Posieren kann man nicht oft genug wiederholen. Sie bückte sich mehrmals, um Muscheln zu prüfen. Wenn sie besonders schön erhalten waren, behielt sie sie. Immer wieder bückte sie sich und übergab Jens ihre Auslese. Zurück an ihrem Lager angekommen, versuchte Jens, die Muscheln mit Hilfe einer Palmfaser zu einer Kette oder zu einem Hüftschmuck zusammenzuknüpfen. Sonja entschied sich zu einem Blickfang um ihre Hüften. Sie freute sich riesig über das Geschenk ihres Geliebten.

Er flüsterte in ihr Ohr: „Es ist für dein hinreißendes Muschelsuchen."

„Oh, ich würde so gerne rot werden, aber dazu bin ich zu braun, und schämen tu ich mich auch nicht!" gestand sie. Er eilte rasch davon und pflücke eine große weiße Blüte, die er in Sonjas Haar flocht. Mit ihrem Muschelgürtel, dieser Blüte im Haar glich Sonja jetzt einer Königin aller südlicher Ozeane und Archipele.

Nach der feurigen Abenddämmerung schenkte ihnen der vollere Mond sanftes Liebeslicht an Deck ihres Bootes. Sonja weihte ihn mit flüsternder, teils stockender Stimme in die tieferen Geheimnisse ihrer Liebeswünsche ein. Insbesondere wurde das Territorium, das mit den Lippen erforscht und mit Küssen erobert werden wollte, stark erweitert. Da kam ganz schön was zusammen. Sonja erklärte kurzerhand alles zur visafreien, erogenen Zone. Jens, offenbar etwas unbedarft, staunte nicht schlecht über ihre geheimen Botschaften, entdeckte aber sogleich Alternativen, seiner Geliebten höchste Wonnen zu bescheren.

Man könnte meinen, der Gleichklang der Tage würde Langeweile aufkommen lassen. Dem war aber nicht so. Die Tage am Strand waren unterhaltsam und wurden durch süße Intermezzi bereichert. Jens hatte immer wieder originelle Einfälle, die Sonja sehr gefielen. So erklärte er sich eines frühen Nachmittags als ihr Modeseigner. Sonja hob skeptisch die Augenbraue, befolgte aber seine Anweisungen. Galant führte Jens seine Kundin ins Wasser. Wollte er sie in Seegras, Algen und Tang kleiden? Sie musste bis zum Hals ins Wasser, dann rasch wieder heraus und er forderte sie auf, sich ausgiebig im weißen Sand zu wälzen. Ihre sonnengebräunte Haut war nun bedeckt wie mit Puderzucker. Sie sollte jetzt wieder aufstehen. Jens kniete sich vor ihr nieder, was ihr grundsätzlich behagte, aber noch immer nicht ihre Zweifel beseitigte. Jetzt begann er sehr gewissenhaft und geschickt, an verschieden Bereichen ihrer Topographie den Sand zu entfernen. Schon bald stand sie in einem hautengen, weißen, schulterfreien und zugegebenermaßen sehr kurzen Kleid da. Schade, dass sie sich nicht in einem Spiegel betrachten konnte. Nun ging ein sehr merkwürdiges Paar den Strand entlang: eine schick in Weiß gekleidete Dame mit einem splitternackten Begleiter an der Hand. Doch die Kurzlebigkeit seiner Kreation machte sich schon bald bemerkbar. Sanft rieselte der Sand von ihrer trocknenden Haut und schon bald war sie gekleidet wie er. Es hagelte natürlich Beschwerden; wie sie denn jetzt dastünde, völlig kompromittiert und den Blicken aller ausgesetzt. Nun, das war nur Show, um Ersatz einzufordern; immerhin war sie ja mit ihm allein.

Er wiederholte das Ganze, arbeitete aber diesmal einen winzigen Bikini heraus. Der gefiel Sonja, zumal sie sich mit einem solch kleinen Ding an keinem öffentlichen Badestrand hätte zeigen dürfen. Ihr Begleiter war ganz entzückt. Natürlich blieb das Herabrieseln des Sandes auch diesmal nicht aus. Alles ist vergänglich. Doch diesmal entschädigte Jens sie auf andere Weise, was sie sehr zufrieden stellte. Von einer erneuten Beschwerde sah sie ab.

Ihre Zusammenkünfte häuften sich. Das Training zeigte Erfolge. Es schien zu stimmen, was häufig genutzt wird, passt sich den häufigeren Anforderungen an.

Sie beschlossen die Vollmondnacht an Land zu verbringen. Das allabendliche prachtvolle Abendrot verwandelt die See in flüssiges Gold. Sie schwammen in Gold. Mit dem Sonnenuntergang legte sich auch der Wind. Erste Sterne erschienen; dann entfaltete sich der gesamte Ozean der Sterne, aber nur für kurze Zeit, bis das Licht des vollen Mondes das Leuchten der schwächer glimmenden Sterne verdrängte. Sie liefen durch die leise glucksenden Wellen den Strand entlang und plötzlich geschah es völlig Unerwartetes direkt zu ihren Füßen. Die See begann in einem leicht grünlichen Licht zu glühen. Billionen winziger Mikroorganismen strahlten ein magisches Licht aus. Jens packte Sonjas Hand und rannte mit ihr hinein ins glühende Wasser. Selbst die herumspritzenden Wassertropfen leuchteten wie grünes Magma, die ein kalter Vulkan ausspie. Sie sahen sich an. Auch sie leuchteten grün, überall, ihre Haare, ihre Gesichter, ihre Haut. Sie glichen Wesen aus einer anderen Welt. Sie schwammen in einem Ozean aus Licht. Zurück in flacherem Wasser liebten sie sich berauscht von Magie, Mystik, Zauber, Faszination, trunken vor grenzenloser Glückseligkeit. All ihre unbändige Freude sammelte sich zu einer atonalen aber begeisterten Hymne gen Himmel. Schließlich blieb nur noch das Glucksen der sanften Wellen, die die beiden Liebenden umspülten und sich mit deren leisen Lachen mischte. Benommen vom Rausch der Sinne, kehrten sie zu ihrem Lager zurück.

„Jens, was war das eben?"

„Das war Phytoplankton, leuchtende Mikroorganismen, so etwas wie Glühwürmchen, nur winziger." dozierte er.

„Nein, ich meine das zwischen uns?" fragte Sonja unbeirrt.

„Das war eine Vorschau dessen, was uns noch bevorsteht; offenbar hat es schon begonnen!"

Diese Antwort schien sie zufrieden zu stellen. Sie schwiegen. Ihre Absicht, die Nacht am Strand zu verbringen, mussten sie allerdings aufgeben. Hunderte wenn nicht Tausende von Krabben hatten nicht so recht begriffen, dass die Beiden kein zusätzliches Nahrungsangebot waren. Sie schwammen zum Boot zurück.

Ihre Vorräte gingen allmählich zu Ende und sollten ergänzt werden. Das hieß Aufbruch aber nicht Abbruch ihrer glücklichen Tage. Die Rückfahrt dauerte länger, weil sie kreuzen mussten. Sie bedauerten diese Verlängerung nicht, denn die kommenden Tage werden sie nicht unablässig zusammen sein. Ungewohnt auch die Kleidung, die sie nun für den Landgang wieder anlegen mussten.

In den kommenden Tagen sahen sie sich täglich, aber diese Ausschließlichkeit, die sie genossen hatten, wollte sich nicht einstellen. Sie einigten sich darauf, was sie alles beschaffen wollten, wenn sie ein weiteres Mal der Zivilisation den Rücken kehrten. Jens besorgte einen Wasserfilter, damit sie gefahrlos das Wasser der Quelle trinken konnten. Das geeignete Gerät musste erst bestellt werden wie auch eine stabile Hängematte für zwei. Er ergänzte auch den Sanitätskasten, wählte zusätzliches Werkzeug, kaufte Stricke, Kanister, Behälter, ein kleines Gummiboot und ein stabiles Sonnensegel. Sie besorgte Hygieneartikel, eine hübsche Tischdecke, Kerzen, zwei große Sonnenhüte, Sonnenschutz und Sonnenbrillen.

Dieses zweite Mal segelten sie bewusst und beseelt von der einzigen Absicht, das fortzusetzen, was so verheißungsvoll begonnen hatte. Sobald sie allein auf See waren, unerreichbar von den Blicken anderer, legten sie ihre Kleidung ab. Sie lachten und atmeten freier. Sonja bat ihn, ihr mal das Steuer zu überlassen. Sie hielt hervorragend Kurs, so dass er unbesorgt an den Bug des Bootes gehen konnte, um die Arme auszubreiten und über die Wellen zu fliegen. Sonja betrachtete ihn mit großem Wohlbehagen. Als er zurück kam sagte sie:

„Irgendwas oder Irgendwer will, dass ich sehr glücklich bin!"

„Das Irgendwas kann ich dir nicht beantworten, aber der Irgendwer bin ich. Ich will, dass du sehr glücklich bist!"

Damit hatte er sich einen schmachtenden Kuss verdient. Sie ankerten in einer anderen, kleineren Bucht, wo das Boot sicherer geschützt vor Seegang und starkem Wind war. Die Bucht war allerdings bereits bewohnt. Seeschildkröten hatten hier ihre Eier abgelegt. Die beiden Menschen wollten nicht stören, packten das, was sie an Land benötigten, in das Gummiboot und schwammen zu ihrem großen, weiten Strand.

Jens spannte das große Sonnensegel und befestigte die Hängematte, die sie vor den Unannehmlichkeiten von zu viel Sand auf ihrem Strandlager bewahren sollte. Allerdings musste darin die Liebe neu erlernt werden, wie sie alsbald feststellten. Das Lachen wollte kein Ende nehmen. Zum Ruhen und Schlafen war sie allerdings bestens geeignet. Die Matte hielt sie eng beieinander.

Sonja mochte es besonders, wenn er sich in irgendeiner Weise mit ihr beschäftigte. Nach jedem Spaziergang am Strand oder zum Wasserfall im Innern des Waldes untersuchte er Sonjas Füße auf kleine Verletzungen. Sie sollte sich nicht infizieren. Dabei kitzelte es ziemlich, wenn er zwischen den Zehen den Sand entfernte und von der Fußsohle abrieb.

„Wie schaffst du es nur, dass es immer wieder so angenehm zwischen meinen beiden großen Zehen kribbelt?"

Jens schüttelte nur lachend den Kopf. Sie sah ihm gerne zu, wenn er ihr aus Palmenwedeln einen Rock anfertigte. Sie bevorzugte Miniröcke; sie seien sexier. Seine Blicke sollten niemals aufhören, sich an ihr satt und hungrig zu sehen. Sie bewunderte seine Fingerfertigkeit, wenn er mit Hilfe eines dünnen Stückchens Holz und dem feinen Sand kleine Löcher in Muscheln bohrte, um ihr eine Halskette, ein Armband, ein Fußkettchen oder einen Lendenschmuck herzustellen. Manchmal flocht er auch Blumenkränze, um sie zu schmücken. Dann strahle sie gerührt, vermisste einen Spiegel und fand in der stillen, dunklen Wasseroberfläche ihres kleinen Sees einen bescheidenen Behelf. Sie waren grenzenlos glücklich; jeder Tag eine neue Perle auf der Kette ihres abgeschiedenen und abgeschirmten Lebens.

Tropische Nächte sind lang, warm und sehr romantisch. Sie hatten nur sich, um sich zu unterhalten oder sich zu vergnügen. Ihre Vertrautheit wuchs von Tag zu Tag. Die wachsende Vertrautheit würzte die Vertraulichkeiten bei ihren Liebesspielen. Diese bewirkten wiederum, dass sich ihre Vertrautheit intensiver gestaltete. Dennoch hörten sie nicht auf, miteinander zu experimentieren, einander zu studieren und zu befragen. Bei allen Erfahrungen, die sie machten, blieben sie sich ein Resträtsel. Beide wünschten sich, für ein oder zwei Tage einmal in die Haut des anderen schlüpfen zu können, um auch noch die letzten Geheimnisse zu lüften.

Während einer ihrer romantischen Gespräche unter sternenüberflutetem Tropenhimmel, entspann sich ein sehr dichter Dialog:

Jens: „Wir haben unter ungewöhnlichen Bedingungen zueinander gefunden und eine Nähe entstehen lassen, wie es wohl keinem anderen Paar je gelungen ist. Du bist der Inbegriff all meiner Wünsche und Erwartungen, die ich an die Frau an meiner Seite habe. Ich bin selbst über mich erstaunt, zu welcher Innigkeit und zu welchem Gefühlreichtum ich fähig bin. Dich nicht ständig vor meinen Augen zu haben, nicht deine Stimme zu hören, dich nicht im Arm zu halten und dich an mich zu drücken, scheint mir unerträglich. Wir haben nichts, aber es fehlt mir an nichts. Offenbar brauchen wir keinen Besitz; wir wollen nur glücklich sein und das bin ich und das ausschließlich durch dich."

Sonja: „Ich ahnte das alles; aber wenn du es so schön formulierst, dann bin ich zu Tränen gerührt. Es ist ein unbeschreibliches Gefühl, das Glück eines anderen Menschen zu sein. Mir geht es genau wie dir. Ich bin mir manchmal selbst ein Rätsel. Um es mit meinen frechen Worten zu sagen: ich mag meinen Jens vor dem Frühstück, ich mag meinen Jens als Nachtisch zu unserem Dinner, und ich mag meinen Jens als kleine Appetithäppchen zwischendurch. Ich mache mir Sorgen und du fehlst mir, wenn du allein nach unserem Kelp tauchst oder versuchst, eine Languste zu fangen. Nie hätte ich gedacht, dass es für mich völlig in Ordnung ist, soviel Lust zu haben und sie mit dir auszuleben. Früher glaubte ich immer, einen Deckel auf dem Kessel meiner Gelüste drücken zu müssen. Was mich wundert ist, dass ich nie genug davon bekomme. Ob ich süchtig danach bin, süchtig nach dir?"

Jens: „Du bist eine gesunde junge Frau und mir würde sehr viel fehlen, wenn du nicht so fordernd und anspruchsvoll wärst. Du bist ja auch nicht süchtig nach Wasser, Nahrung oder Luft, nur weil du all das ständig zu dir nimmst. Mich hast du auf einen wunderbaren Weg geführt, und wenn du es hören willst, ich bin auch süchtig nach dir! Nur hätte sich all das zwischen uns auch so großartig entwickelt, wenn wir an Land so leben würden wie all die anderen auch?"

Sonja: „Du weißt, ich mag diese Was-wäre-wenn Gespräche nicht. Wir sind hier durch nichts abgelenkt; wir leben in einem Ausnahmezustand, wir sollten das schätzen. Es ist unser Hier-und-Jetzt. Zum ersten Mal in meinem Leben möchte ich nichts daran ändern! Es ist durchaus nicht eintönig, mich auf unseren Nachtisch zu freuen und schon jetzt auf deine Morgenbegrüßung!"

Jens: „Ich möchte aber etwas ändern!"

Sonja sah ihn erschrocken an.

Jens: „Ich möchte, dass wir heiraten!"

Sonja war anzumerken, dass ihr ein Felsbrocken vom Herzen fiel; sie lächelte: „Da bin ich aber ganz altmodisch. Du wirst mich fragen müssen. Ich werde eine Nacht darüber schlafen und dich meine Antwort wissen lassen. Ich hoffe, dass du mich hier heiraten willst?"

„Ja, ich möchte dich hier heiraten, denn die wichtigsten Personen sind anwesend; weitere Personen wären überflüssig! Wir überlegen uns ein Ritual..." sagte er. Nach einer Pause fragte er: „Sonja, möchtest du mich heiraten?"

„Du musst niederknien! Es ist eine folgenschwere Frage! Immerhin willst du, dass ich den Rest meines Lebens an deiner Seite verbringe!"

Jens kniete nieder und wiederholte seine Frage.

„Nun," antwortete Sonja, „ich werde es mir überlegen. Ich werde eine Nacht darüber schlafen."

Nach einer Weile sagte sie: „Mein lieber Mann darf ich dich jetzt noch mal um außerehelichen Geschlechtsverkehr bitten! Vielleicht werde ich schon bald keinen mehr haben! Es heißt, dass der sexuelle Appetit in der Ehe nachlässt!"

Alles andere ertrank in einer Flut an Küssen.

Am nächsten Morgen behauptete Sonja, sie habe kein Auge zugetan, um über seine Frage nachzudenken:

„Also, mein lieber Freund, erstens, ich glaube, es muss ein großartiges Gefühl sein, einem Ehemann wie dir zu gehören und zu gehorchen. Und zweitens, ich werde als Ehefrau das Recht haben, dich an deine ehelichen Pflichten zu erinnern.

Die Frage stellt sich nun, ob *du* mich unter diesen verschärften Bedingungen heiraten willst?"

„Natürlich will ich das!" sagte Jens.

„Gut, ich will dich heiraten, du willst mich heiraten. Wir sind uns einig. Wir können mit den Verhandlungen beginnen, ob Gütertrennung oder Gütervereinigung. Wen laden wir ein? Was soll ich bloß anziehen?"

Diese üblicherweise sehr folgeschweren Fragen waren in ihrer gegenwärtigen Lebensrealität ohne Belang: Güter besaßen sie keine; Gäste gab es auch keine, außer den Lebensgefährten, die sonst noch ihre Insel bewohnten. Die Kleiderfrage war ebenfalls schnell beantwortet. Sonja wird in ihrem bezaubernden Evaskostüm zur Trauung gehen und Jens wird sich ganz Adam-like kleiden.

Am Morgen ihres Hochzeitstages gingen sie durch ihr grünes Paradies und sammelten, so wie sie es vereinbart hatten, in einem Korb viele bunte Blumen, setzten sich alsdann in den Schatten zweier großer Palmen und knüpften zwei Blumenkränze, Jens den für sie und Sonja den für ihn. Anschließend gingen sie Hand in Hand schweigend zu ihrem Wasserfall und vollzogen dort noch einmal ein gründliches Reinigungsritual. Alles, was sie an Belastendem und Störendem aus der Vergangenheit noch mit sich herumschleppten, sollte ein für alle Mal hinweg gespült werden, damit es nicht ihr neues, gemeinsames Leben infiziere. Danach traten sie sich in dem Wurzelgeflecht des großen alten Banyan-Baums gegenüber. Dieser Baum sollte ihr Trauzeuge sein. Sie setzten sich an eine dicht mit Moos bewachsene Stelle; Sonja setzte sich sehr dicht vor ihn zwischen seine Beinen. Sie legte ihre über seine. Von allen Seiten umgaben sie die kräftigen Luftwurzeln, die der uralte Baum aus den dicken Zweigen von oben in den Boden trieb. Sie legte ihre Arme um seine Schultern und er hielt sie bei den Hüften. Zuerst sahen sie sich lange in die Augen, dann legten sie ihre Stirn aneinander. Sie schwiegen eine lange Weile.

Dieser sehr intensive Moment soll alleine ihnen gehören. Sie befragten einander, ob sie sicher in ihrem Entschluss seien, für alle Zeiten ein unzertrennliches Paar zu sein. Sie versprachen einander ihre bedingungslose Totalität und Hingabe. Sie bekannten sich zu- und füreinander und erklärten das gemeinsame Glück zu ihrer Lebensaufgabe. Sonja öffnete symbolisch ihren Blumenkranz und Jens führte seinen in ihren. Sonja schloss ihren Kranz wieder; sie waren miteinander verbunden. Sie küssten sich sehr lange. Jens spürte, wie Sonja während des Kusses zu lachen begann. Sie hatte etwas vor. Sie sagte:

„Ich erkläre uns für Mann und Frau!"

Jens wiederholte: „Ich erkläre uns für Mann und Frau!"

Darauf Sonja: „Sie dürfen sich nun mit Ihrer Frau vereinen!" Und als sie es taten: „Ach, so ein ehemännliches Organ ist doch etwas besonders Feines!"

Sie kehrten zur Ernsthaftigkeit zurück, schwiegen für eine lange Zeit, während der sie die Energie des mächtigen Banyan-Baums aufnahmen und Jens Wurzeln in ihrem weiblichen Boden entwickelte. Sie vereinigten sich für immer.

Als sie danach zum Strand hinuntergingen, achteten sie darauf, dass sich ihre beiden Kränze nicht lösten. Sie legten sich in ihre Hängematte und plauderten.

„Ich muss mich sehr über mich wundern! Ich dachte ich sei eine freiheitsliebende, emanzipierte Frau. Gestern sagte ich, ich möchte meinem Mann gehören. Ja, ich will tatsächlich dir gehören, dein Besitz sein. Dieser Wunsch kam von ganz tief."

„Ich glaube, in jedem von uns schlummern unbewusste Relikte aus grauer Vorzeit. Vielleicht befindet sich in mir ein winterschlafender Höhlenmann. Wenn er aufwacht, greift er zur Keule..." erwiderte Jens.

„Oh ja, dem würde ich gern einmal begegnen! Stell' dir vor, wie du mich aus einem Versteck beim Bade beobachtest. Meine Reize verwirren dich derart, dass du gar keine Wahl hast, als über mich herzufallen, mich nach Strich und Faden für deine entfesselte Lust benutzt und mich anschließend als deinen Sexualproviant mitschleppst." jauchzte Sonja begeistert.

„Hast du nicht gerade einen Ehemann bekommen? Jetzt willst du auch noch einen Höhlenmann?"

„Jensilein, ein Ehemann wie du kann beides! Da bin ich mir ganz sicher!" schwärmte Sonja.

Eine Weile schwiegen sie. Dann begann Jens: „Ist dir aufgefallen, dass wir bei unserer Zeremonie keine neuen Wünsche, Erwartungen oder Veränderungen äußerten?"

„Es gibt nichts, was ich vermisse!" sagte Sonja. „Gewiss, mir fehlen die Gespräche mit meiner Freundin. Aber wenn ich es genau hinterfrage, vermisse ich nicht einmal das. Wenn wir uns trafen, redeten wir beide gleichzeitig und keine hörte zu. Du redest nicht viel; ich rede am meisten, aber ich weiß, du hörst mir zu. Das tut mir sehr gut. Männer sind wohl insgesamt nicht so mitteilsam wie Frauen.

Es heißt auch, Männer verlieben sich in das, was sie sehen, Frauen in das, was sie hören. Bei uns verwischen sich auch diese Grenzen. Ich liebe durchaus das, was ich sehe, wenn ich dir bei deinen Tätigkeiten zusehe, wie geschickt du bist und wie du für uns sorgst. Ich war voller Bewunderung und Stolz, als ich dir zusah, wie du mit Hilfe von Ebbe und Flut unser Boot auf die Seite legtest, um den Rumpf vom Bewuchs zu befreien. Ich leide mit dir, wenn ich in deinen Augen erkenne, wie schwer es dir fällt, ein Tier zu töten, damit wir es essen können. Ich betrachte auch gerne deinen Körper, die breiten Schultern, deinen kräftigen Oberkörper, deine schlanken Hüften, den süßen Hintern, die kräftigen Beine und natürlich deinen Freudenspender.

Ich bin immer ganz gerührt, wie du mein Haar pflegst, es auskämmst und bürstest, wie du es um mich drapierst, wie um mich damit zu bekleiden, wie du mit meinem Haar spielst, wenn es meine Brust bedeckt. Dabei erzählst du mir immer so viel liebe Dinge, die ich schon oft gehört habe aber immer wieder gerne höre: wie du mich liebst und begehrst. Du sagst es nicht nur, du zeigst es mir auch. Wenn du wüsstest, wie gerne ich mich in deinen Blicken sonne. Ich glühe, wenn du mir die Führung in unseren Liebesspielen überlässt. So kann ich dir wenigstens durch meine Begeisterung etwas zurückgeben von dem, was du mir gibst und es tut meinem Ego so gut."

„Sei nicht so bescheiden, Sonja! Wir rechnen nicht auf. Deine Fürsorge tut mir ebenfalls sehr gut. Sicher, ich passe auf, wenn ich tauche, dass ich nicht mit giftigen Fischen in Berührung komme oder mich an Korallen oder Felsen verletze. Wir haben keine Spiegel und deine Ganzkörperinspektion gefällt mir. Infektionen könnten uns vorzeitig aus unserem Paradies vertreiben. Auch ich höre gern dein Raunen dicht an meinem Ohr, wenn du von der Liebe sprichst und von ganz speziellen Details. Du weißt, wie witzig du sein kannst und du weißt, wie du mir in der Mittagshitze eine Gänsehaut bescheren kannst. Ich genieße es, wenn du mit dem Rasierapparat winkst, um mir meine Bartstoppeln zu fällen."

„Wir schmusen sehr viel. Wenn dein Bart auf meiner Haut kratzt, habe ich weniger Freude. Ich mag auch einen kurzen

Haarschnitt; es macht Spaß, dir die Haare zu schneiden. Und überhaupt, Haarwuchs sollte auf den Kopf beschränkt bleiben, bei dir und bei mir! Da waren wir einer Meinung.

Aber was vermisst du?"

„Das erzählte ich dir schon mal! Ich vermisse einen Fotoapparat oder eine Kamera. Es sind so viele wunderbare Augenblicke, die ich gerne festgehalten hätte."

„Gib's zu, du wolltest Nacktfotos von mir machen, womöglich sogar noch unanständige. Und ich wäre deinen Gelüsten ausgeliefert!" provozierte Sonja.

„Wir sind ständig unbekleidet. Aber in deinem Gesicht spiegelt sich oft so viel Schönheit, Frieden und Glück, was nicht mehr zu beschrieben ist."

„Jens!" sagte Sonja wieder vollkommen ernst. „Da gebe ich dir einen einfachen Rat, sorge dafür, dass sich dieses Bild in meinem Gesicht immer wieder einstellt und speichere es mit deiner Seele!"

„Das hast du schön gesagt. Aber erinnerst du dich, wie wir uns einst über so genannte Unanständigkeiten unterhielten?"

„Und ob ich mich daran erinnere! Wir haben trotz unserer Bräune ganz schön rote Köpfe bekommen. Dann haben wir all diese Unanständigkeiten abgearbeitet. Manche waren geradezu lächerlich und andere waren ganz schön aufregend und machen immer wieder Spaß!" lachte Sonja. „Sag mal Jens, sind wir allmählich zivilisationsuntauglich geworden?"

„Ich glaube schon! Zumindest wollen wir die Regeln der Zivilisation nicht einfach mehr so hinnehmen. Vermutlich will uns die Zivilisation auch nicht mehr."

„Schön! Dann sind wir also Aussteiger!" sagte Sonja.

„Das kommt auf die Sichtweise an. Ich sehe uns eher als Einsteiger, Einsteiger in eine Lebensart, für die wir bestimmt sind, nämlich ausschließlich für die Liebe zu leben. Sicher, unsere Lebensumstände sind außergewöhnlich, aber sie tun uns gut. Wir wollen sie nicht gegen die Errungenschaften der Zivilisation eintauschen. Wir leben in Harmonie mit unserer Innenwelt und unserer Außenwelt. Wir wissen, dass wir auf einander angewiesen sind; Konflikte können uns beiden nur schaden. Sind Konflikte notwendig? Ich habe nicht das Gefühl, dass ich mich deinetwegen innerlich verbiegen muss. Ich frage mich natürlich auch, ob uns diese ungewöhnlichen Umstände zum inneren Frieden zwingen. Wenn das so ist, könnte man doch eine allgemeingültige These aufstellen. Unser wunderschöner Planet ist nichts anderes eine sehr, sehr einsame Insel in diesem gewaltigen Universum. Müsste diese Einsamkeit der gesamten Menschheit uns allesamt nicht auch zu einem inneren Frieden zwingen?"

„Du sprichst große Dinge aus, die nicht nur gehört sondern auch anerkannt und umgesetzt werden sollten. Aber lass uns an diesem schönen, heiligen Tag bei uns bleiben. Für mich ist unsere Eheschließung absolut bindend. Aber würde das ein Standesbeamter auch so sehen? Aber du bist jetzt nicht nur mein Ehemann und damit die Nummer eins in meinem Leben, du bist auch Kapitän dieses Schiffes dort drüben. Erlaubt es das Seerecht einem Kapitän auf See, nicht auch im juristischen Sinne eine Ehe zu schließen?"

Jens lachte: „Das weiß ich nicht! So etwas geistert zwar immer mal wieder durch die albernen Fernsehserien. Aber ob es tatsächlich so ist, weiß ich nicht! Aber Eheschließungen in Las Vegas sind auch rechtens! Ich verspreche dir, ich werde unseren Tag ins Logbuch eintragen. Wir haben uns aber noch nicht auf einen Nachnamen geeinigt. Ich finde auch, wir sollten uns nicht auf einen unserer Nachnamen einigen. Was hältst du davon, unsere beiden Vornamen zu einem gemeinsamen Nachnamen zu verschmelzen?"

Sonya lachte: „Also du hast Ideen…!"

„Zum Beispiel, Jenja, Sonjen, Jenson…!" schlug Jens vor.

„Hm, Jenson klingt ganz gut. Lass uns Jenson heißen!" bat Sonja.

„Gut, Frau Jenson - Herr und Frau Jenson! So werde ich uns ins Logbuch eintragen!"

„Lass uns zur Romantik zurückkehren!" bat Sonja. „Du bist ein kluger Mann, und du weißt sicher, dass eine Hochzeit unweigerlich auch eine Hochzeitsnacht nach sich zieht! Für mich ist es die erste Hochzeitsnacht meines Lebens und auch die einzige. Sei heute besonders zärtlich, liebevoll und innig zu mir. Jede Zelle meines Körpers wird sich dir öffnen, mein Herz wird mit deinem tanzen, meine Seele wird mit deiner Seele eins werden. Diese Nacht soll mir unvergesslich bleiben; lass uns kein Auge zu tun. Und versprich mir keine Flitterwochen, versprich mir Flitterjahre, versprich mir ein Flitterleben!"

Jens versprach ihr ein Flitterleben, drückte sie gerührt an sich und küsste sie hingebungsvoll. Sie schlenderten Hand in Hand entlang der Bucht und achteten darauf, dass sich ihre verschlungenen Kränze nicht lösten. Sie legte ihren Arm über seine Schultern. So konnten sie enger nebeneinander gehen. Er legte seine Hand auf ihren Po. Er fühlte gerne dort die Bewegungen ihres Gehens.

„Wir tun das Gleiche wie zuvor und dennoch ist es anders!" sagte Sonja versonnen. „Die Hand des Ehemanns ist willkommener als die des Geliebten. Jetzt bist du beides, mein geliebter Ehemann!"

Sie küssten sich wie zuvor, ihre beiden Körper waren in diesen Kuss mit einbezogen, und dennoch, es war anders, intimer, inniger, ehelich vertrauter, vereinter. Es muss wohl das Wort erst noch erfunden werden, das das Gefühl beschreibt, dass sie beseelte.

Während der heißen Mittagsstunden suchten sie wieder ihre Hängematte im Schatten auf. Sie ruhten, sie träumten, sie dösten und schliefen schließlich ein. Jens erwachte von den lebhaften Bewegungen seiner Frau im Arm. Offenbar träumte sie heftig. Sie zitterte, wachte schließlich verstört auf. Jens drückte sie an sich: „Sonja, was ist mit dir?"

„Ich bin ganz durcheinander. Irgendetwas in mir spielt verrückt. Mich jagten merkwürdige Visionen und Bilder. Meine Liebe zu dir vervielfachte sich, steigerte sich ins Unermessliche. Du bekamst Angst und ranntest vor mir davon, ich hinter dir her. Jens, es ist wahr, das Ausmaß, die Dimensionen meiner Liebe zu dir erschrecken mich. Ich kann nicht mehr beschreiben, wie sehr ich dich liebe und begehre. Auf der anderen Seite bin ich durcheinander wie eine Jungfrau vor ihrer ersten Nacht mit einem Mann. Bitte Jens, lauf nie vor mir davon!"

Jens drückte sie an sich: Sonnja, ich hoffe du hast gehört, dass ich deinen Namen mit zwei ‚n' gesprochen habe. Du bist die Sonne meines Lebens; ich werde nie vor dir weglaufen. Ich weiß, ich werde mit dir brennen, aber ich fürchte mich nicht. Ich brauche dich genauso, wie ich dich brauche. Weniger wäre mir nicht genug. Bitte ängstige dich nicht. Unser Ritual heute Morgen war sehr intensiv und hat uns verändert. Ich bin dankbar, dass ich dir begegnet bin und dass wir jetzt hier an dieser Stelle stehen."

„Danke Jens, deine Ruhe gibt mir Sicherheit. Mich erschreckt nur diese Intensität; ich rase wie ein ungebremster Zug...!"

„...und es wird dir nichts geschehen. Wir beide sind dankbar und werden uns an dieses Wunder und an diese Energien, die wir riefen, gewöhnen. Es gibt zum Glück kein Zurück und keinen Schalter „Aus"!

„Ich sah uns zusammengewachsen, dein linkes Bein mit meinem rechten Bein, dein linker Arm mit meinen rechten Arm. Dieser Anblick entsetzte mich keineswegs aber der Umstand, dass wir so nicht miteinander schlafen können.

Jens, ich freue mich so sehr auf unsere Hochzeitsnacht, aber bitte, lass uns nicht diese Languste essen, wie wir es besprochen hatten. Nichts und niemand soll an unseren Freudentag unseretwegen sein Leben lassen!"

„Das ist mir nur recht. Die Languste zu töten, würde nur negative und schlechte Gefühle in mir aufsteigen lassen. Doch die kann ich gerade heute am allerwenigsten gebrauchen. Lass uns noch ein paar Früchte sammeln und lass uns einfach früher mit dem beginnen, was wir vorhaben."

Sonja strahlte und wieder war ein bisschen Schalk in ihren Augen: „Ich wusste es, ich habe mit dir eine gute Wahl getroffen. Möge uns das erhalten bleiben, was wir heute geschenkt bekamen!"

Jens bestätigte: „Recht so!"

Sonja fragte besorgt: „Was sollen wir mit unseren Kränzen tun? Ich möchte nicht, dass wir sie lösen. Es ist ein so wunderschönes Symbol!"

„Lass' es uns durch ein anderes ersetzen. Wir lösen alle Blumen voneinander und legen sie in eine Wasserschale. Das Symbol besagt, wir sind nun zu einer Einheit vermengt.

Niemand, auch wir nicht, können nun unterscheiden, welche Blüte von wessen Kranz stammt, wer was ist, was du, was ich bin. Wir sind eins!"

Sonja strahlte ihr bezauberndes Lächeln: „Du hast immer so fantastische Ideen. So machen wir das; ich mag dieses Symbol der Einheit; es löst das Symbol der Verbundenheit ab. Wenn die Blüten verwelkt sind, werden wir sie dem Ozean übergeben und sie verbreiten unsere Botschaft an fremden Küsten. Meine Güte, du wendest alles zum Guten!" Sie küsste ihn begeistert.

„Du inspirierst mich!" entgegnete Jens.

„Ist das wahr? Dann sind wir ja das ideale Paar!"

„Ach, hast du das auch schon gemerkt?" lachte Jens.

Sie gossen reines Quellwasser in eine Schale und übergaben behutsam eine Blüte nach der anderen dem neuen Symbol. Abschließend legten sie die Schale und die gesammelten Früchte in ihr kleines Gummiboot und schwammen vorzeitig zurück zu ihrem Schiff. Dort wollten sie die Nacht verbringen. Im Licht der untergehenden Sonne legten sie beiden Matratzen auf das Vordeck und breiteten ein großes, frisches Badetuch darüber.

„Jens, ich würde mich so gerne für dich hübsch machen, ein seidenes Nachthemd oder sexy Unterwäsche oder nur ein verführerisches Parfum. Ich habe nichts von alledem. Ich möchte so gern, dass du mich entkleidest."

„Dann nimm das, was du hast! Kleide dich in dein langes, goldenes Haar. Beim Schwimmen hast du es immer hochgesteckt; lass es über deinen Körper fließen. Außerdem duftet deine Haut noch nach Kokosmilch! Ich mag diesen Duft an dir! Du erinnerst mich an Weihnachtsplätzchen! "

Sie lächelte über seinen Vorschlag, wenn ihr Haar auch nicht lang genug war. Er wird ihr dann diesen letzten Schleier nehmen. Sie wird in besonderer Weise vor ihn treten und es zulassen, dass er ihr zutiefst Innerstes betritt.

Als sich die Sonne diskret zurückzog und Billionen von Sternen und eine zarte Mondsichel sich versammelten, um die beiden zu segnen, da wollen auch wir uns zurückziehen; es gibt ohnehin keine Worte, um das Geschehen zu beschreiben. Es wird einfacher sein, das Flüstern der kleinen Wellen zu deuten, die konzentrisch von ihrem Boot ausgehend an die Küsten ferner Länder und Kontinente anlandeten. Auch die Blüten ihres Kranzes, die sie am kommenden Morgen dem Meer übergaben, verbreiteten an fremden Küsten eine eindeutige Botschaft, denn sie waren die einzigen Augenzeugen.

Der magische Zauber jener Nacht veränderte beide. Jede künftige Vollmondnacht wollten sie sich dieser Nacht erinnern und feiern.

Sonja wurde trotz der vielen unwiderlegbaren Symbole in dieser Nacht vom Gespenst der Sorge heimgesucht. Jens sagte nur eins:

„Sonnja!" Die zwei ‚n' waren nicht zu überhören.

Er ging in die Kajüte, riss ein Blatt Papier aus dem Logbuch, legte es zusammen mit einem Bleistift vor seiner Frau hin und sagte: „Schreib' das Wort ‚Sorge' auf dieses Papier. Dann hast du drei Möglichkeiten: zerfetze es und werfe es ins Meer, vergrabe es am Strand oder nimm dieses Feuerzeug und verbrenne es!"

Sonja entschied sich für die Feuerbestattung. Der Schalk kehrte wieder und sie fragte: „ Soll ich die Worte ‚mein Verlangen nach dir' auch auf einen Zettel schreiben und...?"

„Unterstehe dich!" drohte Jens.

Das war kein Ehestreit, aber hin und wieder muss etwas sehr deutlich ausgesprochen werden!

Sonja und Jens wurden mehr denn je zivilophob. Nichts zog sie in die Zwänge der menschlichen Gesellschaft zurück. Zuviel hätten sie aufgeben müssen. Hin und wieder segelten sie für kurze Zeit in den Ort ihrer Herkunft zurück, um Vorräte zu ergänzen oder nützliches Gerät zu beschaffen. Heimat war dieser Ort ihrer Herkunft schon lange nicht mehr. Vielleicht werden irgendwelche Umstände sie eines Tages zwingen, in die menschliche Zivilisation zurückzukehren. Aber daran wollte keiner von den beiden denken. Doch wenn es einst geschehen sollte, sie haben ihr Leben gelebt und das kann ihnen keiner nehmen.

Der Waldspaziergang

Vom Eise befreit waren Bach und Flüsse schon längst. Doch ein früher kräftiger Sommer hatte dem Frühling keine Zeit gelassen, sich zu entfalten. Nach dem letzten Frost vor etwa drei Wochen waren die Temperaturen in atemberaubender Geschwindigkeit gestiegen. Die Natur schien zu explodieren. Man konnte den Pflanzen beim Entfalten von Blüten und Blättern fast zusehen. Bienen taumelten von früh erwachten Blüten zur nächsten, als hätte man sie zu früh aus ihren Winterträumen gerissen. Alles atmete Frische und hastigen Neubeginn. Was für eine schöne bunte Welt in all ihrer Vielfalt.

Auch an diesem Samstagmorgen zeichnete sich bereits ein heißer Sommertag ab. Es war zu erwarten, dass die Temperaturen knapp 30° erreichen werden. Jan hatte alle Fenster seiner kleinen aber hübschen Wohnung weit aufgerissen, um den warmen Sommerwind herein zu lassen und den Wintermuff hinaus zu blasen. Aber auch seine Lungen verlangten danach, kräftig durchlüftet zu werden. Er zog leichte helle Sommerhosen an und wählte ein leichtes, weit geschnittenes Hemd. Ein Unterhemd oder gar Socken waren nicht notwendig. Er fuhr die wenigen Kilometer zu einem kleinen Parkplatz am Rande eines größeren Waldgebietes. Er schien der einzige Spaziergänger zu sein; kein weiteres Fahrzeug parkte hier. Mit kräftigen, männlichen Schritten begann er seinen Waldspaziergang; er wollte wenigstens ein paar Stunden laufen. Er öffnete ein paar Knöpfe an seinem Hemd, um die warme, duftende Sommerluft an seine Haut zu lassen. Der Wald war erfüllt von einem überbordenden Gezwitscher der Vögel. Ob die sich noch in ihrem Stimmengewirr zurechtfanden? Eine Konversation war das zumindest nicht mehr. Teilweise hatte sich schon eine dichtes Blätterdach gebildet, das nur vereinzelt Sonnenstrahlen bis zum Waldboden vordringen lies. Jan begann zu zweifeln, ob er das geeignete Schuhwerk gewählt hatte, um seinen mehrstündigen Weg schmerzlos zu überstehen. Aber darüber wollte er sich im Augenblick keine Gedanken machen; notfalls würde er eben auch barfuß laufen. Er hob die Arme und verschränkte sie hinter seinem Kopf und lachte dem Sommer entgegen. Zügig schritt er den leicht ansteigenden Waldweg hinan und atmete tief. Vielerlei Gerüche sog er ein: den Duft junger Blüten und Blätter, moderndes Altholz, und den jungen Geruch sich entfaltender Waldkräuter. Ein fremder Geruch schien nicht zur Gesamtkomposition zu passen; er roch fremd aber nicht unangenehm. Nach der nächsten Biegung erkannte er die Ursache dieser Geruchsanomalie. Etwa zweihundert Meter vor ihm lief eine Person. Diese Person schien ein junges Mädchen zu sein, das es nicht eilig hatte und fast tänzerisch dahin schlenderte. Er würde sie bald eingeholt haben. Er hoffte, sie nicht zu erschrecken und gab sich daher keine Mühe, sich geräuschlos zu verhalten. Schien das Mädchen ihn nicht zu hören? Oder hatte sie gar diese unseligen Kopfhörer in den Ohren, um Musik zu hören anstatt dem Stimmengewirr des Waldes zu lauschen. Sie hatte langes, dunkles Haar, trug ein leichtes, kurzes buntes Sommerkleid und leichte Sandalen so wie er. Nur noch etwa hundert Meter trennten die Beiden. Sie schien ihn wirklich nicht zu hören, denn sie blieb plötzlich stehen, und zog ohne sich umzusehen ihr Höschen aus. Mit erhobenem Zeigefinger wirbelte sie es durch die Luft, hielt es dann in ihrer Hand und setzte den Weg fort. Auch Jan war unwillkürlich stehengeblieben, sah wie versteinert diesem Schauspiel zu. Was hatte das zu bedeuten? Als das Mädchen weiterlief, setzte auch er seinen Weg fort. Irgendetwas hatte von ihm Besitz

ergriffen; der innere Frieden und die fröhliche Beschaulich-
keit waren bedroht, wenn nicht sogar schon dahin. Sein
Herzschlag hatte sich verstärkt und gewiss war auch sein
Blutdruck gestiegen. Das Mädchen hatte bezaubernd lange
Beine, die durch den kurzen Rock besonders gut zur Geltung
kamen. Er bewunderte den wiegenden Gang und den
Schwung ihrer Hüften. Als er sich ihr bis auf etwa zwanzig
Meter genähert hatte, räusperte er sich vernehmlich, doch
sie reagierte nicht. Die langen Haare verdeckten womöglich
die Kopfhörer. Sie konnte ihn nicht hören. Er wollte sie keinesfalls erschrecken, so räusperte er sich erneut, tat auch so,
als ob er stolpere. Nichts! Er beschloss, einen großen Bogen
um sie zu machen, gewissermaßen so zu tun, als ob er sie
überhole, um sie dann von der Seite anzusprechen. Das
müsste doch eine akzeptable Strategie sein, unverfänglich
und ohne Erschrecken. Als beide auf gleicher Höhe waren,
wandte sie sich ihm zu und lächelte. Sie hatte keine Kopfhörer...

„Guten Tag!" grüßte er höflich. „Welch schöner Tag, heute!"

„Oh ja, ein zauberhafter Tag! Ein Bilderbuchtag!" sagte sie
versonnen.

„Haben Sie mich denn nicht kommen hören?" fragte er.
„Ich wollte Sie nicht erschrecken!"

„Doch, natürlich habe ich Sie kommen hören. Sie haben
mich nicht erschreckt. Männer laufen für gewöhnlich schneller!"

„Hatten Sie denn keine Angst?" fragte Jan verwundert.

„Nein! Wieso? Sie haben sich ja nicht angeschlichen; ich
habe sofort gespürt, dass Sie nichts Böses im Schilde führten.
Ich hörte jeden Ihrer Schritte!"

„Haben Sie denn keine Angst, so ganz alleine im Wald?"
fragte er; die Situation war für ihn noch immer nicht ein-
schätzbar.

„Nein! Wovor sollte ich mich fürchten, wenn ich so ganz
allein im Wald bin? Außerdem führe ich keine Wertgegen-
stände mit mir; Sie sehen, keine Handtasche! Allerdings habe
ich gehört, in den Wäldern Brandenburgs soll es wieder frei
herumlaufende Wölfe geben. Einem solchen Tier möchte ich
nicht begegnen nach diesen Monaten des Hungerns im Winter...Aber jetzt sind Sie ja da, da bin ich richtig erleichtert.
Kommen Sie, lassen Sie uns gemeinsam gehen, falls ich Ihnen
nicht zu langsam laufe!" Sie lächelte ein Lächeln, das ihm
keine andere Wahl ließ. Allerdings wollte er auch gar keine
andere Alternative haben. Die Welt war rundum stimmig!

„Würden Sie so freundlich sein, und das hier in Ihre Tasche stecken? Ich weiß nicht, wo ich damit hinsoll!" Sie hielt
ihm ihr Höschen hin.

„Ja natürlich, selbstverständlich..." sagte er verlegen und
steckte das winzige, süße Ding in seine Hosentasche. „Ich
habe gesehen, als Sie es auszogen..." ergänzte er.

„Schlimm, nicht? Das tut man nicht! Ich mag das aber; es
ist angenehm, den Wind auf der Haut zu spüren. Habe ich Sie
dadurch kompromittiert? Fühlen Sie sich brüskiert? Halten
Sie mich jetzt für ein schamloses Wesen? Habe ich gegen
Gesetze verstoßen, die Umwelt zerstört?"

„Nein, nein, keineswegs!" beeilte er sich zu erwidern. „Ich
dachte nur, wenn das der Falsche beobachtet hätte..."

„Das wollte ich ja wissen, ob Sie der Falsche sind. Sind Sie
aber nicht!" lachte sie. „Und übrigens, ich sagte es bereits, ich
führe keine Wertsachen mit...!"

„Nun ja, Ihr Aussehen, Ihre Schönheit vielleicht?" sagte er verlegen.

„Oh, jetzt kommt die Charmeoffensive! Das hört man gern! Danke!" Sie griff nach seiner Hand, massierte sie und behielt sie einfach in ihrer. Schweigend liefen sie Seite an Seite weiter. Ab und zu berührte sein Handrücken ihr Bein. Dann fuhr es wie ein Blitz durch ihn. Sie schien das zu bemerken und führte seine Hand um ihre Taille.

„Vielleicht beruhigt Sie das etwas!" meinte sie.

Es beruhigte ihn keineswegs. Einerseits waren sie nun noch näher zusammengerückt und andererseits fühlte seine aufgelegte Hand durch den dünnen Stoff ihres Kleides jeden ihrer Schritte; was er eben auch fühlte, war die Abwesenheit eines üblicherweise darunter liegenden Kleidungsstücks. Eine wohl etwas überdosierte Prise Frivolität schoss in seine Blutbahn und brachte da einiges bei seinen Botenstoffen und Rezeptoren durcheinander. Er hätte später schwören können, er sei nicht mehr Herr seiner selbst gewesen. Jedenfalls fasste er ihr beherzt unter den Rock.

„Lassen Sie das!" fauchte sie mit ruhiger Stimme. Er gehorchte sofort. „Normalerweise hätten Sie jetzt eine schallende Ohrfeige verdient. Wenn mir etwas widerfährt, was ich nicht mag, bin ich sehr unduldsam und greife zu drastischen Abwehrmaßnahmen. Ich möchte Sie aber im Augenblick aber nicht als Beschützer verlieren. Sollten Sie sich allerdings gefährlicher als ein möglicher Wolf erweisen, dann werde ich mich zu wehren wissen!"

„Entschuldigen Sie bitte!" stammelte er betreten.

„Schon gut, es ist ja nichts weiter passiert!" antwortete sie versöhnlich, schüttelte aber missbilligend den Kopf.

Er war verwirrt und empfand sich als der Unterlegene. Er wollte nicht der einzige Verwirrte sein und fragte mit ihren Worten: „Was geschieht, wenn Ihnen *nicht* widerfährt, was Sie gerne mögen?"

„Dann schmoll' ich, wie das viele tun. Das kann auch sehr unangenehm sein; am besten ist für alle Beteiligten, wenn mir widerfährt, was ich mag. Das ist ganz einfach zu merken." sagte sie ungerührt.

Schweigend setzten sie ihren Weg fort, seine Hand artig auf ihrer Hüfte ruhend, in seinem Inneren alles andere als Ruhe; ihr sanftes Wiegen in der Hüfte sorgte für Spannung und Aufruhr. Sie schien, nichts davon zu bemerken.

Hinter der nächsten Wegbiegung entdeckten sie eine Bank, etwas zurückversetzt vom Weg, durch einen kleinen Graben für das Regenwasser getrennt.

„Wollen wir...?" fragte er.

„Gerne, eine kleine Rast tut sicher gut!"

Über den Graben musste man einen kleinen Sprung wagen. Er tat ihn zuerst und war ihr dabei behilflich, ihm zu folgen. Beim Sprung flog ihr Röckchen für ein Sekündchen etwas höher als beabsichtigt. Was er zu sehen bekam, war wie eine Fotografie in sein Gedächtnis eingebrannt. In seltenen Fällen verfügen selbst Männer über ein fotografisches Gedächtnis. Tief durchatmen und cool bleiben! Um tief durchzuatmen, hatte er ja diesen Spaziergang begonnen; mit einer solchen Wende hatte er allerdings nicht gerechnet. Sorgsam zupfte sie ihr Röckchen zurecht. Er rieb sich mit dem Handrücken über die Stirn und setzte sich. Sie zögerte und sah ihn an.

„Was ist? Möchten Sie sich nicht setzen?" fragte er verdutzt.

„Doch," sagte sie zögernd. „aber ich möchte gerne auf Ihrer Hand sitzen!"

Wieder schoss ihm ein hohe Dosis erregter Botenstoffe durch all Körperzonen: diesmal auch in Zellen, die bislang noch weitestgehend verschont geblieben waren.

„Ich hoffe, es ist Ihnen nicht unangenehm!?" ergänzte sie.

„Nein, nein!" beeilte er sich zu sagen. Unangenehm war ihm das nicht, aber etwas erstaunlich schon. Ein bisschen an den Po fassen war nicht drin, aber sich auf seine Hand sitzen schon. Artig schob er ihr seine Hand entgegen, damit sie darauf Platz nehme. Aber sie zögerte. Er sah sie an, sie sah ihn an.

Sie sagte: „Bitte die Hand umdrehen, Handfläche nach oben! ...und bitte den Mittel- oder Zeigefinger nach oben strecken..."

Er sah sie fassungslos an, tat aber, was sie sagte. Sie drehte sich langsam um setzte ich ganz vorsichtig, rutschte etwas hin und her, bis sie die für sich geeignete Position gefunden hatte.

„Ach endlich!" hauchte sie „Tut das gut nach dem langen Weg..."

Die Situation war Jan nicht unangenehm, eher unangemessen nach der scharfen Zurückweisung auf dem Weg. Seine Begleiterin war ihm ein Rätsel, zumindest konnte er sich nicht in ihre Logik hineinfinden. Das Beste wäre wohl, einfach nachzufragen: „Ähm, sagen Sie mir bitte, warum Sie so gerne auf meiner Hand sitzen möchten?"

Sie lächelt: „Ach, das ist einfach so angenehm. Die Bank könnte zu kühl sein; Sie vergessen, dass ich kein Höschen anhabe, als junges Mädchen kann man sich leicht verkühlen... Außerdem kommen wir uns dadurch etwas näher. Stellen Sie sich vor, wir würden zwei Meter auseinander sitzen, einen solch langen Arm haben Sie nicht. Außerdem können Sie nicht einfach davon laufen, wenn ich Sie küssen möchte. Kurzum, es kann mir im Augenblick nichts Besseres widerfahren, als auf Ihrer Hand zu sitzen. Ist es ihnen vielleicht unangenehm?"

„Nein, überhaupt nicht!" beeilte er sich zu erwidern. „Nur etwas ungewöhnlich..."

„Ich verstehe Ihre Logik nicht! Wenn es Ihnen nicht unangenehm ist, mir dagegen aber sehr angenehm, warum sollten wir es dann nicht tun?"

„Da haben Sie vollkommen recht!" stimmte er ihr zu.

„Ich werde Sie jetzt küssen und hoffe, dass das nicht gleich wieder Ihr Unverständnis weckt und eine überflüssige Diskussion heraufbeschwört!" Sie befeuchtete ihre Lippen, danach seine. Sanft schloss sich ihr Mund um seinen; ihre Zunge drängte zwischen seine Lippen. Sie fand keinen Widerstand. Er legte den Arm um ihre Schultern und zog sie näher zu sich. Sein Blut schien sich heftig zu erhitzen. Wie ein Blitz durchfuhr es sein Nervensystem und entfachte ein ungeahnt heftiges Feuer. Süßes Gift rann durch seinen Körper und verteilte sich in jede Zelle. Allerdings wurden gewisse Bereiche bevorzugt und schwollen geradezu an. Seine freie Hand taucht unter ihr Haar und umfasste ihren Nacken. Ihre Hand öffnete einen Knopf von seinem Hemd und glitt darunter auf seine Haut. Sie verweilte dort aber nicht sehr lange. Die Hand glitt tiefer und sank auf seinen Oberschenkel. Der Mittelfinger seiner linken Hand, der sich an einem ungewöhnlichen aber nicht unangenehmen Ort befand, bewegte sich etwas. Das hatte zur Folge, dass ihre Hand ebenfalls prüfend zupackte. Der Mittelfinger bewegte sich intensiver und länger. Jan vernahm keinen Protest eher ein

Mmmmmh. Sie öffnete geschickt mit einer Hand seinen Gürtel und Reißverschluss.

„Da drängt es ja jemanden mit Gewalt hinaus in die Freiheit!" sprach sie in seinen Mund.

„Ich fürchte, diese in Aussicht gestellte Freiheit wird nicht lange andauern, so wie ich das hier einschätze!" sagte er fast etwas ängstlich.

„Das sehen Sie durchaus richtig!" sagte sie, ohne ihren Mund von seinem zu nehmen. „Die Vorsehung ist eben etwas ganz anderes, wie Sie vielleicht wissen!"

Und so kam es, dass der, von dem hier die Rede war, sich tatsächlich nur wenige Sekunden in Freiheit befand. Sie schwang sich flink über ihn, führte ihn dem Ort seiner Bestimmung zu, worin er spurlos verschwand.

„Übrigens..." hauchte sie „Judith heißt Sie herzlich willkommen an Bord!"

„Oh ja," sagte er verzückt „ich heiße Jan, einfach Jan!"

„Das ist schön! Da ist so viel Ja, Ja, Ja, Ja in Ihrem Name!" erwiderte sie im Rhythmus ihrer Bewegungen angepassten Worten.

Doch irgendwie schien Judith etwas zu missfallen. Sie meinte, es käme nicht die ganz große Freude auf, dieser ultimative Kick eben, den sie eben brauche; vielleicht sollte eine andere Position einnehmen. „Was meinen Sie, Jan?" Sie wartete nicht seine Zustimmung ab, sondern kniete nun auf der Bank und stütze sich auf der Lehne ab. Jan stellte sich hinter sie. Sie sah sich um: „Jan, was ist? Lassen Sie mich nicht so lange warten! Sie müssen jetzt einfach nur noch das Röckchen heben!" Beherzt griff er nach den beiden Bäckchen und...

Der geneigte Leser wird Verständnis dafür haben, dass wir unsere Blicke abwenden, um die beiden ungestört das machen zu lassen, was wir ohnehin schon ahnten. Es genügt, ihren begeisterten Lauten zu lauschen, die sich mühelos in das aufgeregte Stimmengewirr des erwachenden Frühlings hier in diesem Walde einpassten. Wir wenden uns ihnen wieder zu, sobald die Geräuschkulisse wieder eindeutig nur den Waldbewohnern zu zuordnen ist.

Richtig, Judith zupfte gerade ihr Röckchen wieder zurecht und Jan verstaute das eben noch Benötigte. Sie setzten sich wieder und sie schmiegte sich in seinen Arm. Sie lächelte und himmelte ihn selig an: „Ach, das tat gut! Jan, da haben Sie mich wunderbar eingestimmt auf den Frühling und so...!

„Aber Judith, meinen Sie nicht, dass es nun an der Zeit wäre, Du zueinander zu sagen?" fiel er ihr ins Wort.

„Nein, das finde ich überhaupt nicht! Ich hasse diese Du-zerei hier und da und allerorten. So eine gewisse Distanz finde ich charmant und spannend, und sie muss erst einmal überwunden werden, wenn man sich näher kommen will. Ich möchte jedenfalls nicht, dass mir jeder gleich zu sehr auf die Pelle rückt!"

Er empfand ihre Worte wie ein Eimer Wasser, den man über seinen Kopf kübelte: „Aber sind wir uns denn nicht nä-her gekommen?"

„Ja natürlich! Ich fühlte mich mit Ihnen sehr verbunden, ja geradezu durchdrungen! Aber daraus sollten Sie nicht den falschen Schluss ziehen, mich jetzt duzen zu dürfen. Ich duze sie ja auch nicht! Warum machen Sie immer aus allem ein Problem? Ich fühlte mich bei dem, was wir taten, so sehr mit der Natur verbunden! Was soll diese formale Versachli-chung? Sie schafft eine größere Distanz als ein simples Sie!"

Ihm verblieb nur, um eine schlichte Entschuldigung zu bitten. Sie lächelte ihn schon wieder an und vergab ihm: „Schon vergessen! Wissen Sie, ich möchte mir einfach nicht meine Spitzenstimmung verderben lassen, schließlich sind Sie an meinem Wohlbefinden wesentlich beteiligt!"

Er hellte innerlich auf und zog sie näher zu sich heran. Körperliche Nähe kann auch Nähe schaffen, dachte er so bei sich. „Ach," schwärmte sie „ich fühlte mich bei unserem Kontakt so sehr mit der Natur verbunden. Ich konnte so richtig nachempfinden, wie all den Blütenkelchen um mich herum zumute sein musste, wenn sie von Insekten aufgesucht werden und diese ihren Rüssel tief in ihren Kelch versenken. Ein herrliches Gefühl!"

Schon wieder wurde er durch ihr Gleichnis innerlich verschreckt, beschloss aber den Mund zu halten, was sich als günstig erwies.

„Nun darf man Sie natürlich nicht mit einem beliebigen Insekt vergleichen. Sie sind kein Käfer, aber gewisse Parallelen sind unübersehbar. Allerdings den Vergleich mit einem Schmetterling können Sie nicht ausschlagen. Er lässt sich genussvoll auf der Blüte nieder, rollt seinen Rüssel aus und taucht ihn tief in den erwartungsfrohen Kelch."

„Ich habe keinen Rollrüssel!" brummte Jan.

„Ich ahnte, dass schon wieder keine Zustimmung herüberkommt! Wie kam ich eigentlich darauf, dass in Jan so viel Ja steckt? Ah ja, das war auch in anderem Zusammenhang. Das war auch gar nicht schlecht! Wir sollten ein paar Schritte gehen, oder sind Sie erschöpft?"

„Nein, ich bin nicht erschöpft!" sagte er etwas maulig.

„Das hört man gerne! Dann helfen Sie mir einfach wieder über den Graben. Zuvor sollten Sie allerdings dieses Ereignis eben in die Rinde dieses Baumes ritzen: ein Herz, die Initialen unserer Namen und das Datum, passend zu einem Wallfahrtsort eben!"

„Ich habe kein Taschenmesser bei mir!" sagte er kleinlaut und befürchtete irgendeine Form eines missbilligenden Kommentars. Sie beließ es bei einem tadelnden Blick, der es in sich hatte.

Er half ihr über den Graben und das Röckchen flog und seine Stimmung hob sich. Sie gingen Hand in Hand, ihr Köpfchen süß an seine Schulter gelehnt. Sie führte seine Hand wieder an ihre Hüfte. Er zog es vor, sie auf ihrem Hintern abzulegen. Kein Einwand. Er griff unter den Rock. Kein Einwand. Sie lachte: „Jetzt ist es erlaubt, jetzt ist es erschlossenes Territorium. Und wenn's Ihnen Spaß macht.... Warum nicht? Sie haben mich ja auch reich beschert!"

Vergnügter als zuvor gingen sie weiter. Plötzlich kicherte sie: „Jetzt habe ich einen Vergleich gefunden, den Sie sicher akzeptieren werden!"

Fragend sah er sie an. Sie zögerte: „Kolibris haben einen langen, harten Schnabel. Sie senken ihn behutsam in die Blüte. Ich meine, der Vergleich mit dem langen, harten Schnabel des Kolibris müsste Ihnen doch schmeicheln?"

Jan schüttelte den Kopf und lachte über die spaßige Nudel an seiner Seite, deren Pobäckchen er jetzt ungestraft halten durfte. Rechter Hand, etwas abseits und unterhalb des Weges schimmerte die dunkle Fläche eines Sees zu den beiden Spaziergängern herauf. Sie sahen sich an: stilles Einverständnis. Sie gingen den unbefestigten Pfad hinunter. Seine Hand konnte nicht mehr dort verweilen, sie musste mit anpacken, um seiner Begleiterin behilflich zu sein. Da flatterte das Röckchen... Das Wasser des Sees war glasklar, vermutlich aber noch nicht sehr warm. Über den Grund sah man kleine Fische umherhuschen. Die Wasseroberfläche war spiegelglatt, nur am anderen Ufer kräuselte eine Fallwindbö etwas das Wasser. Ein schmaler Streifen Sand bildete das Ufer. Judith hatte schon das Kleid gehoben und versuchte es über den Kopf zu ziehen. Doch irgendetwas klemmte, war zu eng, oder die Brust zu groß. Jan fand die Szene ganz reizend und konnte sich an der hübschen hilflos hin und her hüpfenden Figur nicht sattsehen.

„Nun helfen Sie mir doch!" rief sie ungehalten.

Er trat nah an sie heran, tastete nach dem Reißverschluss am Rücken und zog ihn herunter. Im Nu war das Kleid ausgezogen, die Brust hüpfte süß. Weitere Kleidungsstücke waren nicht vorhanden. Als sie ihren Retter so tatenlos herumstehen sah, meinte sie etwas schnippisch:

„Haben Sie sich noch nicht sattgesehen? Sie sollten mich jetzt ins Wasser begleiten, oder wollen Sie einfach nur mit ansehen, wie ich ertrinke?"

„Können Sie denn nicht schwimmen?"

„Natürlich kann ich schwimmen! Aber es könnte immer etwas passieren, wobei ich auf Ihre Hilfe angewiesen bin, wie eben! Also raus aus den Klamotten!"

Er tat, was sie verlangte.

Sie sagte: „Sie haben einen schönen Hintern!" Sie kam näher und kniff kräftig hinein. Es tat richtig weh. Er verkniff sich den Schmerz, wollte nur Rache, aber sie rannte schon zum Wasser suchte Schutz vor seinem Zugriff. Das Wasser war kalt und kühlte die überhitzten Gemüter. Sie wartete auf ihn, wo sie noch gut stehen konnte.

„Es tut mir so leid!" sagte sie besänftigend. „Aber dieser süße Hintern zwang mich einfach dazu. Sie kennen ja auch solche Momente, wo man einfach nicht weiß, was man tut, was den Hintern anbelangt!"

Sie schmiegte sich an ihn, schlang die Arme um seinen Hals und küsste ihn liebevoll. Alles war vergessen und einvernehmlicher Friede kehrte ein. Sie schwammen weit hinaus. Die Kälte war erträglich, dennoch warnte er sie vor plötzlich auftretenden Krämpfen. Sie schwammen zurück. Ihr reizender Po glänzte vor Nässe. Seiner wahrscheinlich auch, das interessierte ihn aber weniger. Zurück am Ufer hatten sie einen gemeinsamen Gedanken: wir haben kein Handtuch! Wind und Sonne sollten dies übernehmen, da war man sich einig und sie setzten an, den See zu umrunden. Es war eine Freude, dieses Paar zu beobachten, wie sie Hand in Hand nebeneinander daher gingen. Die saftige Wiese war übersät mit einer Fülle erster bunter Frühlingsblumen. Sie blieb unerwartet stehen. „Vergessen Sie ja nicht, mich ab und zu zu küssen!" ermahnte sie. Er nahm sie nur allzu gerne in den Arme und küsste sie hingebungsvoll. Sie lobte ihn:

„Sehn Sie, mit etwas gutem Willen geht es doch schon ganz gut!"

Er sagte nichts; das ersparte ihm gewiss einen Kommentar ihrerseits Sie löste sich von ihm, eilte ein paar Schritte voraus und begann Blumen zu pflücken. Dazu musste sie sich bücken oder hinhocken; sie tat beides. Wenn sie sich hockte, musste sie das Gras und die Blumen kitzeln. Schon bald hielt sie einen beachtlichen Blumenstrauß im Arm.

„Sehen Sie! Ist er nicht prächtig?" rief sie entzückt und drehte sich um. „Aber was ist denn mit Ihnen los? Hab' ich wieder was falsch gemacht?"

„Ach, was soll denn mit mir los sein?"

„Na, Ihr Kolibri...Gibt es einen Anlass, dass er..., wie soll ich sagen? ...dass er schon wieder nach dem Blütenkelch verlangt?"

„Nun," sagte er weit ausholend „das ist ein Ereignis, das für gewöhnlich den Blicken der Allgemeinheit verborgen bleibt. Aber da wir hier eben unbekleidet durch die Gegend laufen, um trocken zu werden und Sie sich fortwährend bücken, um ein paar Blumen zu pflücken und dabei außer Acht lassen, dass ich dabei etwas zu sehen bekomme, was ebenfalls für gewöhnlich den Blicken der Allgemeinheit verborgen bleibt, da wird schon mal offenkundig, dass ein Mann diese physiologische Reaktion nicht zu unterdrücken vermag."

„Ich hätte es mir ja fast denken können: ich bin letztendlich wieder an allem schuld?" sagte sie lakonisch. „Aber bei dieser Sachlage meine ich, sollten wir dieses Ereignis nicht nur zur Kenntnis nehmen sondern auch nutzen und einlenken. Man weiß ja nie, wann und ob sich solch günstige Voraussetzungen überhaupt noch einmal vor der nächsten Mondfinsternis einstellen werden!"

Sie streute ihre soeben gepflückten Blumen ins Gras und meinte: „Das soll unser Bett sein!"

„Warum reden sie immer so geschwollen daher?" fragte er sie.

Fassungslos sah sie ihn an: „Na hören Sie mal! Ich bin ein anständiges Mädchen! Ich kann doch nicht einfach sagen, ich möchte das gleiche wie Sie oder vielleicht noch Deutlicheres! Was würden Sie dann von mir denken?"

„Aber es ist doch so oder..?" fragte er zaghaft nach.

„Natürlich ist es so!" erwiderte sie etwas ungeduldig. „Aber lassen Sie mich doch nicht so lange warten, es ist alles vorbereitet!!"

Wieder wenden wir uns diskret ab und beschränken uns darauf, dem Gesang der beiden Liebenden zu lauschen, der von viel Vergnügen und Fröhlichkeit zeugte und sich wieder bereichernd in das lustvolle Singen der Vögel einmischte. Kein einziger der Waldbewohner störte sich an dem Tun der beiden, außer vielleicht die wenigen Käfer, die unter den beiden zu liegen kamen und hartnäckig ums Überleben kämpften. Der Schlussakkord klang sehr gelungen und das Volk des Waldes applaudierte.

Nach langen Küssen und liebevollen Blicken eröffnete sie den Dialog, danach:

„Ist Ihnen aufgefallen, dass wir uns dabei zum ersten Mal ansahen? Ist das nicht romantisch?" Ohne seine Antwort abzuwarten, fuhr sie fort: „Ach, ich fühl' mich himmlisch! Wie Dornröschen, das auch rechtzeitig von ihrem Prinzen zum Frühlingsanfang wach geküsst wurde."

„Wir haben uns nicht nur geküsst...!" warf er ein.

„Ja glauben Sie denn, Dornröschen hätte nur geküsst? Sie sind da ganz schön naiv! Er wird sie in den Stand der Frau versetzt haben; jedenfalls verstehe ich so die Geschichte!"

Sie erhoben sich und reinigten einander im klaren, kühlen Wasser des Waldsees und legten die Kleider an. Die sinkende Sonne mahnte zum Aufbruch. So schlenderten sie Hand in Hand zurück zum Parkplatz am Rande des Waldes. Sie schwiegen; beide überdachten wohl das soeben Erlebte. Keiner wagte zu erfragen, was der andere wohl so dachte. Sie waren sich noch zu fern. Sollte das so bleiben? Nun, da hatte das Schicksal auch noch mal ein Wörtchen mitzureden!

Vermutlich war sie es, die zu sehr in sich gekehrt schien. Zumindest ließ sie es an Aufmerksamkeit fehlen, was die Qualität des Waldweges anging. Obwohl er sie bei der Hand hielt, knickte sie ganz gewaltig um, sodass ihr Schmerzensschrei durch den Wald gellte. Hätte er sie nicht blitzschnell fester gehalten, wäre sie sicher gestürzt. Ihr Gesicht war vor Schmerz verzerrt. Tränen rannen über ihre Wangen. Er bot ihr Halt, so dass sie ihr verletztes Fußgelenk entlasten konnte. Sie konnte nur auf einem Bein humpelnd weitergehen. Das konnte er nicht mitansehen. Er hob sie auf seine Arme. Sie war zwar nicht sehr schwer und er wird Pausen einlegen müssen. Sie schlang die Arme um seinen Hals, barg ihr Köpfchen an seiner Schulter und schluchzte herzzerreißend. Er keuchte und lud sie um. Jetzt trug er sie wie einen Rucksack. So wird er länger durchhalten können. Dann trug er sie wieder in seinen Armen und erreichten so das Auto. Ziemlich erschöpft aber geschafft! Er lief zur Beifahrerseite, um sie gleich auf ihrem Sitz zu platzieren.

„Der Schlüssel ist in meiner rechten Hosentasche!" sagte er. Sie griff hinein und wühlte herum: „Da ist kein Autoschlüssel, nur Ihr Taschenmesser! Sie sagten, Sie hätten kein Taschenmesser bei sich, als ich Sie bat..."

„Das ist auch kein Taschenmesser!" erwiderte etwas ärgerlich.

„Sollte das etwa schon wieder...? Das geht doch nicht mit rechten Dingen zu!" tadelte sie.

„Dann sehen Sie doch mal in den Rückspiegel!" sagte er.

„Ich kann da nichts erkennen, was der Auslöser sein könnte! Aber Sie sehen aus einer anderen Perspektive...Aber dass das gleich wieder solche verheerenden Auswirkungen hat... Schließlich sind Sie es, der sich beharrlich weigert, mir mein

Ihnen anvertrautes Kleidungsstück zurückzugeben." Sie schüttelte den Kopf.

Er wurde ungeduldig und sie schwerer. „Das ist nicht verheerend! Fassen Sie mal in meine Brusttasche!" Da fand sich dann auch der Schlüssel und er ließ sie behutsam auf dem Beifahrersitz nieder.

Als er den Motor anließ fragte sie schüchtern: „Ich vermute, ich sollte Sie besser nicht fragen, ob ich wieder auf Ihrer warmen Hand mit dem erhobenen Zeigefinger sitzen darf!"

„Richtig, das sollten Sie nicht, denn das würde unsere beider Sicherheit gefährden..." antwortete er.

„Das verstehe ich zwar nicht so ganz, schließlich fahren Sie Automatik; Sie müssen also nicht schalten. Mir würde es Wohlbehagen verschaffen und es wäre eine nette Geste, dass Sie mir verzeihen!"

„Ich verzeihe Ihnen!" sagte er großzügig.

„Das ist gut, denn ich bin auf Ihre Hilfe angewiesen. Mein Knöchel schmerzt sehr und ich werde mich bei mir zu Hause nicht alleine versorgen können, zumindest im Moment nicht. Bitte nehmen Sie mich mit und heilen Sie mich, bitte, kühlen Sie mein Gelenk..."

Natürlich konnte er ihre Bitte nicht abschlagen. Er half ihr aus dem Wagen, trug sie in seine Wohnung und setzte sie einfach kurzerhand auf den Küchentisch. Der Knöchel war geschwollen und leicht rot-blau verfärbt. Schon leichter Druck erzeugte Schmerz. Er mischte Eiswürfel und Wasser und tränkte ein Tuch, das er so sanft wie möglich um ihren Knöchel wand. Er setzte sie in einen Sessel, schob einen Hocker herbei, so dass sie bequem ihr Bein darauf legen konnte.

„Ihre Fürsorge ist so wohltuend!" lobte sie. „Aber glauben Sie nicht, dass es allmählich an der Zeit wäre, mir mein Höschen wiederzugeben? Wir wollen doch beide nicht, dass womöglich wieder Unvorhergesehenes geschieht."

Schuldbewusst aber wortlos kramte er in seinen Taschen, fand es erst nicht, fand es dann doch und zog es hervor. „Sehr winzig!" kommentierte er.

„Es ist anders, als es scheint!" korrigierte sie. „Die weibliche Anatomie erfordert nicht so viel Speicherplatz!"

„Na, ich weiß nicht, wenn ich da an so manche Hinterteile denke, dann beweist das das Gegenteil!" erwiderte er.

„Falls Sie sich erinnern, ist diese übertriebene Größe bei mir nicht anzutreffen; oder fanden Sie meinen Po etwa zu groß?"

„Nein, nein! Ihr Po ist sehr erotisch, sehr feminin, sehr anziehend!" beeilte er sich zu sagen.

„Das höre ich gerne! Sehen Sie..." sie hielt ihm ihr Höschen hin. „Sehen Sie, das Höschen ist so geschnitten, dass meine Bäckchen unbedeckt bleiben; das ist sehr erotisch. Wenn Sie mir behilflich sind, zeige ich es Ihnen!" Sie schlüpfte schon hinein; er half ihr sich aufzurichten. Ein paar Handgriffe unter dem Röckchen und schon konnte sie sich präsentieren. „Sehen Sie, vorne sehr knapp, aber ausreichend und hinten nur dieses schmale Band..."

„Donnerwetter!" staunte er. „Nicht schlecht! Das ist ja hoch erotisch! Das ist ja aufregender als ohne! Das gefällt mir!"

Sie strahlte und schien, allen Schmerz vergessen zu haben. Sie drehte sich mehrere Male und hob ihr Röckchen. „Man muss natürlich sorgfältig depiliert sein!" erklärte sie.

„Wie bitte!"

„Depiliert!" wiederholte sie. „Der Intimbereich muss vollkommen enthaart sein!"

„Ach so!" kommentierte er. „Tut das nicht höllisch weh?"

„Und wie! Ich spreche da nicht gerne drüber! Neuerdings soll das jetzt schmerzlose Methoden geben! Aber wer schön und attraktiv sein will, muss viel leiden. Davon wissen wir Frauen, ein Lied zu singen. Und für wen tun wir das alles? Natürlich für die Männer!"

„Nun, wir sollten das nicht vertiefen!" schlug er vor. „Ich werde uns lieber jetzt etwas zu essen machen. Ich bin aber nicht auf Ihren Besuch vorbereitet. Sind Sie mit Pizza einverstanden?"

„Einfach großartig!" jubelte sie und hauchte ihm ein Küsschen auf die Wange. Er verzog sich in die Küche, schob zwei Pizzen in den Herd und deckte den Tisch für sie beide. Als er sogar eine Kerze aufstellte und entzündete, lächelte er. Es machte ihm Freude, für seinen weiblichen Gast zu kochen! Er öffnete einen guten Rotwein und stellte zwei der besten Gläser bereit. Als sie sein hübsches Arrangement sah, war sie zunächst sprachlos. Sie sandte ihm zwei liebevolle Blicke und mit ergriffener Stimme sagte sie: „Ich ahnte ja gar nicht, dass Sie so romantisch sein können!"

Er hob sein Glas: „Auf Ihr Wohl und dass Sie rasch genesen mögen!"

Sie sah ihn mit warmem Blick an:

„Ich weiß nicht, ob ich so rasch genesen möchte. Ihre Fürsorge und Zuwendung tut sooo gut. Ich kann mich nicht erinnern, wann ich das letzte Mal so zuvorkommend behandelt wurde!" Sie tranken einen Schluck.

„Bitte küssen Sie mich!" bat sie. Sie küssten sich lang und zärtlich und all ihre Häme und Ferne schien, in diesem Moment dahin zu schmelzen. Jedenfalls begegneten sich ihre Blicke auf einer anderen Ebene als zuvor.

„Guten Appetit!"

Sie lächelte und der Schalk kehrte in ihre Augen zurück. Es schien ihr etwas auf der Seele zu liegen; er spürte es. „Nun sagen Sie schon!" ermunterte er sie.

Sie zögerte:

„Ich möchte nicht, dass Sie Falsches oder gar Schlechtes über mich denken. Ich gehe normalerweise nie mit einem Mann am ersten Abend gleich ins Bett, niemals. Heute wird es eine erste Ausnahme geben. Der Grund ist einzig und allein die Behinderung durch meine Verletzung. Ich bin auf Ihre Hilfe und Unterstützung angewiesen. Mein Gott, ist mir das peinlich! Meine größte Sorge ist, dass Sie womöglich Gemeines über mich denken könnten. Aber ich werde Sie bitten müssen, mir beim Duschen behilflich zu sein, mir eine Zahnbürste zu leihen, eines ihrer T-Shirts als Nachthemd zu leihen. Hoffentlich ist es lang genug!"

„Die Zahnbürste?"

„Nein, das T-Shirt natürlich!!!! Grrrr!! Sie haben gar keine Vorstellung, was ich mir für Sorgen mache, was Sie vielleicht über mich denken werden!" Sie wirkte wirklich etwas durcheinander.

„Nun mal ganz ruhig, liebe Judith. Trinken Sie einen großen Schluck Wein, spülen Sie all Ihre Sorgen weg, denn sie sind so überflüssig wie ein Kropf! Klar?" beruhigte er sie und legte seine Hand bekräftigend auf ihre. Sie schien sich tatsächlich zu beruhigen.

„Nicht einmal in der Küche kann ich Ihnen helfen!" murmelte sie.

„Das ist auch ganz gut so! In meine Küche lasse ich nur ungern Fremde!" hoffte er sie zu beruhigen.

„Mein Gott, bin ich Ihnen so fremd?" Wieder schien sie in Panik.

„Nein, verdammt noch mal!" grollte er ernsthaft ärgerlich. „Sie sind verletzt! Schon vergessen?"

„Bitte schnauzen Sie mich nicht an!" Sie war den Tränen nahe.

„Frauen sind schon etwas kompliziert!" murmelte er vor sich hin. Zum Glück verstand sie ihn nicht, sonst würde diese Diskussion nie enden. Er räumte das benutzte Geschirr in die Spülmaschine und trug die beiden Gläser ins gemütliche Wohnzimmer. Es war dunkel geworden und er schaltete gedämpftes Licht ein. Dann unterstützte er seine Patientin bei ihrem schweren Gang ins Wohnzimmer. Behutsam ließ sie sich auf dem Sofa nieder.

„Ihre romantische Seite hat mir sehr gefallen..." warf sie scheinbar belanglos ein.

Er stand wortlos auf und zündete erneut zwei Kerzen an, löschte das elektrische Licht und legte eine CD mit sanfter Musik auf. Sie strahlte:

„Ich würde gerne mit Ihnen tanzen. Tanzen Sie gerne?"

„Im Augenblick ja! In der Öffentlichkeit tanze ich nicht gerne. Ich bin ein ungeübter Tänzer und ich habe das Gefühl, alle beobachten mich." gestand er.

„Wir würden viel üben...!" sagte sie vieldeutig. „Warum im Augenblick, ja?"

Er druckste herum: „Nun, ich könnte Sie in den Armen halten..." gestand er weiter.

Sie sagte nach einer Weile: „Meine Lippen sind nicht verletzt; ich küsse auch gerne. Küssen Sie auch gerne?"

Er nickte.

„Dann sollten Sie sich zu mir setzen; über Küssen sollte man nicht reden, man sollte es tun!"

Er setzte sich neben sie auf die Couch. Sie legte beide Arme um seinen Hals und sah ihn an und sprach sanft:

„Sie sind schüchtern? Das gefällt mir! Oder habe ich Sie eingeschüchtert?"

Er nickte: „Etwas schon!"

„Schüchtern?"

Er nickte erneut: „Der Nachmittag, er verlief etwas merkwürdig..."

„Ach ich bitte Sie; das war ein ganz normaler, vielleicht etwas unüblicher Schlagabtausch zwischen zwei ziemlich verunsicherten Leuten, eine Momentaufnahme. Solche Dialoge verselbstständigen sich leicht. Aber fanden Sie sie nicht auch witzig?"

„Ja, so kann man das auch sehen!"

Sie lächelte: „Ich mag verunsicherte Männer! Sie ziehen mich magisch an; das ist für mich pure, knisternde Erotik!" Sie befeuchtete ihre Lippen, dann seine... Er fasste sie im Nacken und küsste sie. Sie küssten sich lange, sehr lange und seine Hand wanderte über ihren Rücken, ihre Schultern und Arme...

„Du küsst fantastisch..." flüsterte sie in einer kleinen Pause und drängte erneut ihre Zunge zwischen seine Lippen. Hatte er da ein neues, ungewohntes Wort vernommen? Ermutig setzte er seine Erkundungen fort. Sie erlaubte sogar seine scheue aber liebevolle Berührung ihres Busens. Auch ihre Hand hatte längst ein paar Knöpfe seines Hemdes geöffnet, um zu seiner unbedeckten Haut zu finden.

„Wir sollten das hier nicht fortsetzen!" hauchte sie in seinen Mund. „Wirst du mir beim Duschen behilflich sein?"

„Natürlich!" beeilte er sich zu antworten. „Aber sag' mir eins, sollte sich bei dir ein Sprachfehler eingeschlichen haben?"

Sie sah ihn fragend an, strahlte aber dann über das ganze Gesicht: „Du meinst das Du!?"

Er nickte.

Sie erklärte in der ihr eigenen Logik:

„Nun, heute Nachmittag waren wir uns noch sehr fremd. Jetzt sind wir uns nah. In Augenblicken der Nähe gestatte ich immer das Du. Du weißt also immer, woran du bist! Ist doch ganz logisch, oder etwa nicht?"

„Gilt diese Regelung auch für mich?" fragte er sicherheitshalber.

„Aber natürlich! Was für mich gilt, gilt auch für dich. Da bin ich großzügig. Du kannst mich also jederzeit siezen, wenn dir danach ist. Ich weiß dann, woran ich bin! Toll nicht?"

Sie stand auf, hatte aber wohl ihre Verletzung vergessen. Ein lauter Schmerzensschrei holte sie in die Realität zurück. Humpelnd ging sie auf seine Schulter gestützt zum Badezimmer. Er half ihr artig aus ihrem Kleidchen und nahm ihr auch Halskette und die beiden Ohrringe ab. Auch er schlüpfte rasch aus seiner Kleidung, denn sie zu duschen würde ihn nicht trocken lassen. Das sah sie genauso. Er wusch sie gründlich, auch die Haare; sie schien das alles sehr zu genießen, zumal ihm auch kein Fehler unterlief. Sie bestand trotz ihrer Verletzung darauf, nun ihn zu waschen. Dazu lehnte sie in einer Ecke der Duschkabine, um ihr Fußgelenk zu entlasten. Auch sie ging mit großem Geschick vor, vergaß nichts, und auch er schien ihre Berührungen sehr zu genießen.

Als sie beide vor dem großen Spiegel standen, er beim Rasieren, sie beim Föhnen sagte sie:

„Zusammen zu duschen, ist eine wunderbare Sache; wir konnten beide einander völlig unschuldig erkunden. Es hat Spaß gemacht! Jetzt solltest du mir eines deiner T-Shirts geben, bitte!"

Sie bemängelte, dass das Shirt etwas zu kurz sei. Er erklärte ihr, dass seine T-Shirts nicht für die weibliche Brust vorgesehen seien. Daher käme es zu einer Ausbuchtung und zu einen leichten Anheben des unteren Saumes. Er ergänzte, dass dies aber sehr reizvoll aussähe.

„Mir ist das aber peinlich, mir diese Blöße an solch einer entscheidenden Stelle zu geben. Mir geht es aber hauptsächlich darum, dass Sie nichts Verwerfliches von mir denken!"

Wieder das Sie? Sind wir wieder etwas abgerückt voneinander?" fragte er schnippisch.

„Ich fühle mich einfach unsicher... Und wenn ich das Hemd vorne etwas herunterziehe, dann hebt es sich hinten!" klagte sie.

„Ich finde das süß...Wir sollten uns darauf einigen, dass die Garderobe im Augenblick keine größere Bedeutung haben wird, da wir jetzt zu Bett gehen werden!" beruhigte er sie und zog sie an sich, was sie auch widerstandslos geschehen ließ. Sie wandten sich wieder dem zu, was sie beide gut konnten, das Küssen. Welch Wunder, aller Missklang wandelte sich in Harmonie. Er zog ihr kurzerhand das T-Shirt aus und sie entwand ihm das Handtuch. Als sie in die Kissen sanken, badete er ihr Gesicht mit Küssen, knabberte ihr Ohr und glitt über ihren Hals zu ihren Schultern. Hier in seinem Bett war er auf sicherem Boden. Hier musste er keine Mücken abwehren oder Käfer bekämpfen. Hier war er ganz bei der Sache, ganz bei ihr! Sie drehte sich und bot ihm ihren Rücken für seine Liebkosungen an. Er kniete über ihr und streichelte sie unterhalb der Arme, dort, wo sich ihre weiche Brust zu formen begann. Seine Hände folgten den Konturen ihrer Figur, streichelten ihren weiblichen Po und küsste die beiden Grübchen knapp darüber. Sie schnurrte. Ihre Bäckchen zuckten und bildeten eine Gänsehaut, als er sie sanft küsste. Zum Abschluss biss er sanft hinein. Sie rief: „Au!"

„Keine Sorge, es war nicht der Storch!" beruhigte er sie, aber siedend heiß durchfuhr es ihn. „Sag' mal, was tun wir eigentlich, damit das hier ohne Folgen bleibt?"

Sie drehte leicht den Kopf: „Reichlich spät, diese Frage! Aber immerhin nicht zu spät! Ich werde morgen früh ein kleines Präparat nehmen, das alles regeln wird...!"

„Ich kann auch ein Kondom...!" stotterte er.

„Ich mag keine Kondome! Und ich bin mir ziemlich sicher, du auch nicht! Also lass dich bitte nicht aufhalten, es hat so schön angefangen..."

Sie kuschelte wieder in die Kissen und gab sich ihm hin. Er betrachtete ihre hübschen Beine von ganz oben bis ganz unten, streichelte sie und begann sie zu küssen von ganz oben bis ganz unten. Ihr Atem ging rascher, ihr Seufzen klang erregter. Er küsste ihre Kniekehlen und biss ihr in die Waden. Er dachte wieder an den Klapperstorch und war froh, dass sie Kondome abgelehnt hatte. Diese Dinger konnten einem total den ganzen Spaß verderben. Er hob ihre Füße, küsste ihre Fußsohlen und knabberte an ihren Zehen, was sie eine Weile tapfer ertrug.

Prustend drehte sie sich schließlich um: „Als ich mich hier mit dir auf dieses Spiel einließ, hatte ich eigentlich andere Erwartungen; auf keinen Fall stand mir der Sinn danach gefoltert zu werden."

„So? Was hast du denn sonst erwartet?" fragte er gespielt naiv.

Sie schüttelte den Kopf: „Ich fass es nicht! Nach solch langer Zeit des Darbens habe ich selbstverständlich Herrenbesuch erwartet!"

Gemäß seiner Begriffswelt fand er zwar nicht, dass sie eine lange Zeit des Darbens hinter sich hatte, erfüllte ihr aber nur zu gerne ihren Wunsch. Da ihre letzte Begegnung noch nicht allzu lange zurücklag, konnte er ihr jetzt ganz entspannt und sehr ausdauernd all das geben, was sie erwartet hatte. Sie ließ ihn ungehemmt an ihrer Freude teilhaben, was ihn zusätzlich anspornte. Es gelang ihm, ihr mehrere Höhenflüge zu bescheren, sie zuletzt sogar über lange Zeit in ihrem überschwänglichen Zustand zu halten, so dass er sich zu ihr gesellte und beide gemeinsam ihre Leidenschaft auslebten. Sanft fanden sie zurück und hielten sich umschlungen, als der Schlaf sich ihrer annahm.

Den nächsten Tag begannen sie, wie sie den vorangegangenen beendet hatten. Nach einem fröhlichen Frühstück duschten sie gemeinsam und wären fast schon wieder übereinander hergefallen. Sie drängte aber nach Hause; ihre Aktivitäten sollten ohne Folgen bleiben und außerdem waren ihr die Höschen ausgegangen. Der Zustand ihres Fußgelenks hatte sich sehr gebessert, so dass sie kaum noch humpelte, als er sie nach Hause brachte.

Am frühen Abend war sie zurück, in einem bezaubernden, sexy Kleid. Als er sie zur Begrüßung liebevoll küsste und dabei über ihre Hüften strich, fühlte er, dass sie ein korrektes Kleidungsstück trug, wenn auch nur ein sehr kleines. Sie hatte keinen Einwand gegen seine Überprüfung.

„Ich wusste nicht, wie ich diese lange Zeit des Darbens überleben sollte!" flüsterte sie in seinen Mund.

„Kann ich dir etwas anbieten?" fragte er.

„Oh ja, dein Bett!" strahlte sie. „...und natürlich deinen Service!"

Er hatte nicht die geringsten Einwände.

Den kommenden Donnerstag nannte man Gründonnerstag; Ostern stand vor der Tür. Am frühen Nachmittag, Jan war etwas früher von der Arbeit nach Hause gekommen, klingelte es. Unter der Tür wurde ein Zettel hereingeschoben. Er hob ihn auf und las:

> Süßes Osterhäschen sucht fleißigen Osterhasen zur fröhlichen Gestaltung der Osterzeit.

Er öffnete und ein süßes Häschen flog ihm um den Hals. Es hatte so gar kein Gepäck bei sich, aber beide waren sich sicher, dass sie alles, was sie benötigten werden, bei sich hatten.

Phantome im Schnee

Hans und Grete lernten sich auf ganz traditionelle aber dennoch ungewöhnliche Weise kennen. Die Namen der beiden sollten nicht Anlass zu voreiligen Spekulationen geben. Sie waren weder Geschwister noch waren sie arm. Dass sie sich später dennoch im Wald verliefen, hatte ganz andere Gründe.

Beide lebten in einer kleinen Stadt, waren sich aber noch nie begegnet. Sie wären sich wohl auch nicht begegnet, wäre es dem kleinen Supermarkt im Ortsinnern wirtschaftlich nicht immer schlechter gegangen. Er konnte sich einfach nicht gegen die großräumige und mächtige Konkurrenz am Stadtrand mit dem riesigen Angebot, den Schnäppchenpreisen und den großen Parkplätzen behaupten. Da hatte der Eigentümer des kleinen Marktes eine glänzende Geschäftsidee. Er erklärte einfach den Donnerstag zwischen sechzehn und zweiundzwanzig Uhr zum Einkaufstag für Singles. Das sprach sich rasch herum und schon bald erwartete man von ihm, einen weiteren Tag für Singles zu reservieren.

Was war denn nun das so faszinierende an dieser Idee? Natürlich nutzten die Singles der Stadt dieses Ereignis, um zwanglos das Terrain zu sondieren. Bald reisten auch Singles aus den Nachbarorten an. Einkaufen musste schließlich jeder; warum nicht in leicht prickelnder Atmosphäre? Der Chef saß persönlich an der einzigen Kasse. Dadurch bildete sich eine lange Schlange. Man kam unkompliziert ins Gespräch, fragte, wo man denn diesen oder jenen Artikel gefunden habe. Man erhielt wertvolle Informationen, wenn man es verstand, das

Sammelsurium an Waren im Einkaufswagen des oder der anderen richtig zu deuten:

War da bei ihr etwa Katzenfutter darunter? Nein danke! Männer und Katzen eine unendliche Leidensgeschichte!

Viel oder gar zu viel Rotwein oder gar noch Härteres in seinem Einkaufswagen? Hang zum Alkohol? Zu hoher Alkoholkonsum soll sich negativ auf die Potenz auswirken.

Der da hinten protzt mit sehr viel teurem Champagner und Kartoffelchips. Vielleicht ein routinierter Womanizer? Signalisiert heiße Party!

Na ja, bei diesem Müsli war's nicht anders zu erwarten, der ganze Wagen voller Vollkornkost, Knäckebrot und Sesampaste, dazu Beutel voller Teevariationen und Sojasteaks. Da kommt gewiss niemals Stimmung auf.

Muss das denn sein? Gleich fünf Packungen Kondome oben auf für alle deutlich sichtbar... Er sieht gar nicht so aus wie das, was er verspricht! Ein Angeber!

Sie hat ein multifunktionales Klima- und Temperaturanzeigegerät erstanden. Das schafft sie doch nie allein, in Betrieb zu nehmen. Ob ich ihr meine Hilfe anbiete?

Soll ich den da ermuntern, ein Stück Seife, vielleicht auch ein Deo zu kaufen? Dringend nötig hätte er es schon.

Finger weg! Sie hat Babynahrung gekauft! Ist sie überhaupt Single?

Meine Güte ist das denn notwendig? Da hat er so schönes, dichtes und tadellos schwarzes Haar und will sich graue Strähnen einfärben. Na, vielleicht sieht's ganz chic und seriös aus.

Da kauft sie nur Dickmacher und ist dabei schon ganz schön rund. Manche mögen ja sowas. Ich nicht!

Heute im digitalen Überwachungszeitalter ist man deutlich weiter. Man ist in der Lage, aus dem Kaufverhalten einer Frau auf deren Schwangerschaftsmonat zu schließen. Man spricht sogar schon vom digitalen Nostradamus.

Doch zurück in die Gegenwart. Man konnte kleinere Karambolagen inszenieren, um sich dann wortreich zu entschuldigen, Telefonnummern tauschen, falls erst später ein Schaden bemerkt wird.

Unter die Singles mengten sich auch Nicht-Singles, Voyeure, die sehen wollten, wie ihre Chancen stehen. Der Partner zu Hause wollte schon lange nichts mehr von ihnen wissen. Dem Ladenbesitzer war's nur recht, denn der Umsatz stieg, die Stimmung auch.

Ein Hinweisschild bat, sich in der Schlange vor der Kasse abwechselnd, männlich – weiblich einzureihen. Das sollte die Kontaktaufnahme fördern. Hinter Hans stand ein Müsli, der Wagen randvoll mit Körnern, Sojaprodukten und Katzenfutter. Der Rücken der vor ihm stehenden Lady war interessanter. Doch sie sprach mit dem davor. Sie war groß, das gefiel ihm und ganz besonders der kräftige Pferdeschwanz. Die Figur? Nun, es war Winter und sie trug einen dicken Mantel. Das Gespräch vor Hans erstarb. Das Mädchen warf das eine Ende ihres bunten Schals schwungvoll nach hinten. Es traf sein Gesicht. Er muckste auf. Sie drehte sich um:

„Oh, bitte verzeihen Sie mir. Es tut mir leid. Ich tat es nicht mit Absicht!"

„Schon gut, ich hab's überlebt! Es war ja keine Fahrradkette. Ich hatte allerdings die Nummer mit dem heruntergefallenen Taschentuch erwartet!" meinte Hans.

Sie lächelte: „Soll ich's nochmal versuchen?"

„Nein, nicht nötig, ich hab's verstanden! Aber Sie sind jetzt dran, an der Kasse!"

Sie legte ihre Sachen aufs Band: Ganz normaler Einkauf einer Single Lady, dachte Hans. Vielleicht ein bisschen zu viel Schokolade. Dann war er dran. Das Mädchen wartete auf ihn. Gutes Zeichen!

„Sagen Sie, " fragte Hans mutig „haben Sie Lust, heute noch etwas für sich zu kochen?"

„Nein, überhaupt nicht! Daher die viele Schokolade!" gestand sie.

„Wollen wir zusammen etwas essen gehen? Gleich um die Ecke gibt's einen ganz guten Italiener. Der Parkplatz hier ist bis nach zehn Uhr geöffnet. Wir können unsere Autos also stehen lassen."

Sie sagte ganz unkompliziert: „Gern! Wir packen nur rasch die Sachen in den Kofferraum!"

Im Restaurant half er ihr selbstverständlich aus dem Mantel und war ihr beim Platznehmen behilflich. Sie vergab Pluspunkte, schweigend. Er registrierte ein hübsches, sehr weibliches Hinterteil, schweigend.

„Übrigens, ich heiße Hans!" stellte er sich vor.

„Das ist jetzt nicht Ihr Ernst?" lachte sie.

„Nicht Ernst, Hans steht in meinem Personalausweis!" beharrte er.

„In meinem Personalausweis steht der Vorname ‚Grete'!" lachte sie.

Jetzt lachte auch er: „Willkommen im Märchen!"

„Sie sind schlagfertig!"

„Schlimm?"

„Nein, amüsant!"

Sie aßen und unterhielten sich unkompliziert, fast schon vertraut. In Vielem waren sie gleicher Ansicht. Der rote Wein wärmte und lockerte. Grete konnte so herzhaft lachen. Ihre Stimme klang angenehm, ihre Wortwahl war gepflegt, nicht affektiert. Ihre Gestik war natürlich und selbstsicher. Der Duft ihres Parfums, der herüberwehte, war unaufdringlich und apart. Hans konnte Absurdes so wunderbar erzählen, ohne dabei die Miene zu verziehen. Viel Bedeutsameres teilte sich non-verbal mit. Sie scannten einander und waren mit dem, was sie entdeckten, sehr zufrieden. Grete legte sogar einmal ihre Hand auf seine – das war sehr angenehm.

Die Rechnung kam und Hans lud sie ein. Sie bedankte sich. Er überlegte, wie sich Begonnenes fortsetzen ließe. Sie auch. Er wählte seinen ersten Gedanken:

„Ich würde gerne am Samstag für Sie kochen!"

„Oh gerne, das hat noch nie jemand getan, außer meine Mutter natürlich! Aber unter einer Bedingung!"

„Die wäre?"

„Ich heiße von nun an Grete und du Hans!"

„Einverstanden, Grete! Magst du Fisch?"

„Sehr gern! Ich bin gespannt, Hans!"

Sie gingen zu ihren Autos. Er begleitete sie zu ihrem, wegen der Dunkelheit und weil es sich einfach so gehört, die zu beschützen, die sich ihm anvertraute. Dass er wieder einen Pluspunkt erntete, ahnte er nicht.

Grete war pünktlich und sie hatte sich sehr hübsch gemacht, nicht überzogen, dem Anlass entsprechend. Sie wollte dem

Gastgeber ihre Wertschätzung beweisen. Sie überreichte ihm eine Flasche Wein. Hans strahlte:

„Grete, du siehst großartig aus!"

„Danke, so etwas höre ich sehr gerne!"

Grete hatte auch Socken mitgebracht; sie mochte es kuschelig und gemütlich; schließlich war es draußen bitterkalt. Sie verbrachten einen freundschaftlichen Abend und wärmten einander innerlich. Grete nahm wegen des vermeintlich zu hohen Alkoholspiegels ein Taxi nach Hause. Vielleicht war's auch nur ein Vorwand, denn Sie versprach, am nächsten Tag wiederzukommen auf einen Spaziergang, um das Auto abzuholen und anschließend wollte sie Hans in ein Restaurant einladen. Hans erhob Einwände, Einladungen in ein Restaurant seien Männersache.

„Bitte keine Automatismen!" bat Grete. „Ich wünsche mir totale Gleichberechtigung. An unseren körperlichen, mentalen, psychischen und emotionalen Unterschieden möchte ich mich dagegen erfreuen!"

Das Taxi kam und erlaubte somit keine weitere Diskussion.

Der Sonntag war sonnig aber bitterkalt. Der kleine See hinter Hans' Wohnung war zugefroren, das Eis aber noch nicht tragfähig. Dennoch gingen sie spazieren, fest aneinander gekuschelt, der Wärme wegen. Wenn sie sprachen erweckten sie den Eindruck von Kettenrauchern. Grete nahm den Faden von gestern auf:

„Ich möchte ausschließlich selbstbestimmt leben und keinen gesellschaftlichen Vorgaben folgen. Das ist im Alltag schwer durchzuhalten, weil immer etwas erwartet wird. Im privaten Rahmen möchte ich nach meiner Vorstellung leben; das ist nicht feindselig, schon gar nicht gegen dich. Ich möchte mich wohl fühlen, sowohl mit dir als auch mit mir. Ich fühle mich wohler, wenn ich dich heute in ein Restaurant einlade. Einverstanden?"

„Ja natürlich! Wenn du's mir so erklärst. Ich möchte genau das gleiche, nämlich mich mit mir und dir wohlfühlen!" erwiderte Hans.

Sie huschte einen Kuss auf seine Wange.

„Huch, was war das denn?"

„Das war ein Danke!"

Später im Restaurant bei einer Sauer-Scharf-Suppe fragte Hans:

„Es ist bald Weihnachten, verreist du?"

„Ich werde zu meinen Eltern fahren! Und du?"

„Schade! Ich bleibe zu Hause!" antwortete Hans.

„Wieso schade?" fragte sie.

„Ich werde dich längere Zeit nicht sehen! Ich werde dich vermissen!" sagte er.

„Es ist schön zu hören, dass du mich vermissen wirst! Ich wagte es kaum zu glauben, dass es so ist!" sagte Grete sanft. „Der Besuch bei meinen Eltern zu Weihnachten ist seit langem beschlossen! Ich bin Einzelkind"

„Ich verstehe! Sie wären ganz schön enttäuscht und traurig, Weihnachten ganz ohne dich!" sagte Hans.

„Sie wären aber auch ganz schön erfreut, wenn sie erfahren, dass ich einen lieben Freund gefunden habe!" gestand Grete.

„Hast du ihnen noch nicht von uns erzählt?" fragte Hans.

„Nein, wir kennen uns doch erst ein paar Tage. Hast du denn deinen Eltern von mir erzählt?"

„Nein, das habe ich auch noch nicht! Du hast Recht! Einer wird dich also immer vermissen!"

„Ich werde heute mit ihnen telefonieren!"

Sie trennten sich noch früh am Abend, denn morgen begann für beide eine neue Arbeitswoche. Jeder nahm ein Wangenküsschen mit nach Hause. Das wärmte für den Rest des Tages.

Mittwochabend rief sie an. Sie habe mit ihren Eltern gesprochen. Sie wollen in erster Linie, dass ihre Tochter ein schönes und glückliches Weihnachtsfest feiert. Wenn sie bei ihren Eltern wäre, würden ihre Gedanken nur bei ihm sein, und sie wäre unglücklich. Kurzum, sie, Grete, sollte sich frei entscheiden. Sie habe sich entschieden, sie wolle mit Hans zusammen sein.

Hans jubelte vor Freude: „Wann sehen wir uns?"

„Nächstes Wochenende?"

„Das ist ja noch so lange hin!" bemängelte er.

„Ich habe Termine, Yoga, Fitness..."

„Gut, am Freitag beim Italiener?"

„Einverstanden!"

Nach diesem Restaurantbesuch wollte Hans es nicht bei einem gehauchten Abschiedskuss belassen. Er zog Grete fest an sich und küsste ihre Lippen etwas länger als ursprünglich beabsichtigt. Sein Kuss wurde erwidert.

„Was für ein hübscher Übergriff! Das hat mir gefallen! Männer sollten schon hin und wieder mal zupacken...und Frauen auch!" Grete küsste heftig zurück.

Heiligabend kam Grete schon früh am Nachmittag. Sie trug eine große Tasche. Hans erschrak.

Sie beruhigte: „Keine Angst, ich werde nicht bei dir einziehen! Wie abgemacht, ist das auch kein Geschenk!"

Doch was es war, verriet sie nicht. Sie beteiligte sich an der Vorbereitung zum Festmahl. Es sollte gefüllte Ente geben. Als das Tier im Ofen seiner Bestimmung entgegenbrutzelte, zog sie sich dezent mit ihrer Tasche ins Badezimmer zurück.

Als sie zurückkam fiel Hans die Kinnlade herunter. Sie erinnerte ihn:

„Hey, ich bin's, Grete!"

„Das ist mir schon klar, aber..."

„Aber was?"

„Du siehst unglaublich, fantastisch und großartig aus...Mir fehlen die Worte!" stotterte er.

„Das soll es auch, und ich bin froh, dass ich dir gefalle, denn das war beabsichtigt! Dass dir die Worte fehlen, ist nicht weiter tragisch. Da ist nur ein kleines Problem; weil ich die Haare offen trage, kann ich alleine den Reißverschluss nicht schließen, ohne Haare einzuklemmen. Könntest du bitte helfen?"

Grete drehte ihm den Rücken zu und hob ihr Haar an.

Hans erkundete die Lage:

„Da ist noch ein Problem! Die Häkchen von deinem BH sind nicht richtig verschlossen!"

„Dann bring's bitte in Ordnung!" bat sie.

Hans hauchte in seine Hände, und löste den falschen Haken und schloss dann beide sehr sorgsam. Seine Hände zitterten etwas. Zum ersten Mal berührte er ihre Haut – es war wunderschön. Dann zog er den Reißverschluss hoch. Sie dankte:

„Sag' mal Hans, hast du in deine Hände gehaucht?"

„Ja, meine Hände sollten angenehm warm sein; ich wollte dich nicht erschrecken, falls sie zu kalt gewesen wären!"

„Solch liebevolle Achtsamkeit habe ich noch nie erlebt. Das ist rührend!" sagte Grete sanft, legte ihre Arme um seine Schultern und küsste ihn zärtlich.

„Ist dir nicht zu kühl in deinem kurzen Kleid?" fragte er besorgt.

„Es ist kuschlig warm bei dir. Ich habe auch Strümpfe an. Ich wollte mich auch etwas festlich kleiden. Dazu passt das kleine Schwarze immer am besten. Gefällt es dir?"

„Es steht dir ausgezeichnet; es gefällt mir sehr gut; du siehst bezaubernd aus - und ganz schön sexy!" antwortete er, das Ende des Satzes etwas schüchtern.

„Das klingt sehr gut! Das war beabsichtigt! Du findest es sexy?" lockte Grete.

„Ja, es ist hauteng, sehr figurbetont und ganz schön kurz – der hübsche Ausschnitt..." sagte er mutiger.

„Würdest du so mit mir ausgehen?"

„Oh ja, gerne! Alle würden mich beneiden um die attraktive Frau an meiner Seite! Hättest du den Mut dazu?"

„Nur in deiner Gesellschaft! Dann würde ich auch hochhackige Schuhe tragen. In erster Linie möchte ich dir gefallen. Ich möchte zeigen, dass ich hübsch bin, aber auch deutlich machen, dass ich nicht mehr Single bin! Und noch was, Hans! Wir lernten uns in einer bitterkalten Zeit kennen. Ich hatte keine Gelegenheit, dir mehr Haut zu zeigen. Du sollst wissen, dass ich ein hübsches Mädel bin. Ich wollte mich für dich hübsch machen, ich möchte dir gefallen, ich möchte für dich attraktiv sein... "

„Das ist dir über alle Maßen gelungen!" sagte er begeistert.

„Noch was, Hans! Du bist ein lieber Kerl, aber sei nicht so schüchtern! Sag mir, wenn ich dir gefalle! Es tut mir gut und ich lerne dich besser kennen. Sag mir aber auch, wenn dir etwas nicht gefällt. Ob ich's ändere, weiß ich noch nicht, aber es hilft mir auch, dich besser zu kennen!"

„Das wünsche ich mir auch. Ich werde es zwar nie schaffen, so blendend und sexy auszusehen, aber sag mir auch, wenn dir etwas missfällt!"

„Dann will ich gleich mal damit anfangen. Es würde mir gefallen, wenn du dir eine dunkle Hose und ein helles Hemd anziehst, keine Krawatte, kein Unterhemd und bitte noch einmal rasieren..."

„Wird sofort erledigt, gnädige Frau!"

Sie gab ihm einen Klaps auf den Hintern, als er den Raum verließ. Das gefiel ihm. Als er im veränderten Outfit zurückkam, strahlte sie:

„Na siehst du, es geht doch. Ich mag auch gern was für die Augen. Dein Aftershave gefällt mir. Nur bitte nicht so zugeknöpft...!"

Sie öffnete zwei Knöpfe von seinem Hemd. Er nahm sie zärtlich in die Arme; sie barg ihr Gesicht an seiner Brust. Er streichelte ihr Haar, legte ihr Ohr frei und flüsterte:

„Bitte geh' heute Abend nicht nach Hause; lass uns zusammen bleiben!"

„Ich hatte so sehr gehofft, dass du das sagst!" flüsterte sie in seine Brust. Ihr beider Herz war getroffen.

„Wir sollten mal nach unserem Brutzeltier sehen!" sagte Grete nach einer innigen Weile.

Sie tat's und er öffnet eine Flasche Champagner, die sonst drohte, auf dem Balkon einzufrieren.

„Auf ein schönes, unvergessliches Weihnachtsfest!" prosteten sie sich zu. Die Sonne sank, die Stimmung stieg.

„Komm', lass uns dein Schlafzimmer etwas herrichten – für unsre Bescherung!" meinte sie.

„Ich habe heute früh das Bett frisch bezogen, weil ich hoffte und wünschte, dass du bleibst!" gestand er.

„Ich mag's romantisch! Mit Kerzen!"

„Überall sind Kerzen verteilt!" gestand er erneut.

„Hey du, bist du etwa auch romantisch?"

„Ja, natürlich – hoffnungslos romantisch!"

„Das ist wunderbar! Das findet man selten bei Männern! Jetzt sind wir wenigstens zu zweit auf diesem Planeten."

„Das interessiert mich nicht! Ich bin's und ich möchte es leben!"

„Das freut mich! Du steckst voller schöner Überraschungen! Na ja, ist ja auch Weihnachten!" lachte Grete.

„Hans, ich habe eine ernste Frage!" Grete machte eine kleine Pause. „Hast du Angst vor dem ersten Mal?"

„Ja!"

„Das trifft sich gut! Ich auch! Aber wovor hast du denn Angst?"

„Ich versteh' auch nicht, wovor du Angst hast!"

„Ich habe ganz einfach Angst davor, dir nicht zu gefallen, dass du mich nicht anziehend findest, dass meine Brust zu klein, mein Po zu groß ist, oder umgekehrt, kurzum deinen Erwartungen im Bett nicht zu entsprechen!"

„Du bist mutig, so frei deine Befürchtungen zu äußern! Alle Achtung! Darum will ich's auch sein! Ich habe Angst davor, im

Bett zu versagen, dir nicht das geben zu können, was du von mir erwartest, kurzum ein schlechter Liebhaber zu sein!"

Grete lächelte irgendwie erleichtert:

„Das finde ich jetzt sehr interessant! Wir beide befürchten, den Erwartungen des jeweils anderen nicht zu genügen. Uns beiden ist aber sehr daran gelegen, zu gefallen. Das ist doch ein großartiges Zeichen, allerbeste Voraussetzungen! Wir wollen einander, und daran sollen eventuelle Missgeschicke heute Nacht auch nichts ändern!"

„Sehr gut hinterfragt!" lobte Hans.

„Ich mag Rituale!" fuhr Grete fort. „Hol' doch bitte mal zwei kleine Zettel und was zum Schreiben!"

Hans besorgte das Verlangte.

„So, jetzt schreibst du und ich ‚*Meine Ängste vor dem Ersten Mal*' darauf. Folge mir nun bitte zur Toilette und tu, was ich tun werde."

Vor der Toilette zerriss sie ihren und er seinen Zettel in kleine Stücke und legte ihre Hand auf die Spültaste.

„Komm' und leg deine Hand auf meine; wir müssen gemeinsam drücken und unsere Ängste wegspülen."

Danach sagte sie: „Tut gut, nicht? Du wirst sehen, das ist kein fauler Zauber. Und ich gesteh dir was, ich hatte mir insgeheim gewünscht, dass du die ersten Male nicht mit mir schläfst."

„Aber wenn wir nun schon mal bei den Vorbereitungsgesprächen sind, liebe Grete, wie werden wir verhüten?"

Grete lächelte bewundernd:

„Gut, dass du es nicht zur Frauensache erklärst! Ich wünsche mir häufige und spontane Begegnungen. Kondome sind lästig, und wie ich dich einschätze, wirst du sie auch nicht mögen, und es wird nicht bei einem Mal und nie wieder bleiben. Ich war bei meiner Ärztin und sie riet mir zur Einmalpille; sie schützt einen ganzen Monat und, um es kurz zu machen, deine kleinen Kreaturen werden sich umsonst abmühen. Ich hatte sehr lange keinen Sex mehr, daher freue ich mich ja auch so sehr darauf!"

„Dann sollten wir mit dem Dinner auch nicht mehr allzu lange warten, damit wir mehr Zeit für die Bescherung haben." sagte Hans.

„Zu Weihnachten gehen eben alle Wünsche in Erfüllung!" strahlte sie.

Das Abendessen schmeckte hervorragend aber war auf wunderbare Weise doch rasch beendet. Das Geschirr verschwand in der Spülmaschine. Eine weitere Flasche Champagner begleiteten die beiden in ihr Schlafzimmer. Es war sehr warm und schon bald erleuchteten zahlreiche Kerzen den Raum und schufen eine weihnachtliche, festliche Stimmung.

Grete legte ihre Arme um seine Schultern, sah ihm in die Augen und flüsterte:

„Unsre Freundschaft war sehr schön, aber lass sie uns heute beenden!"

Hans erschrak. Unbeirrt fuhr sie fort:

„Lass sie uns durch etwas neues, schöneres, innigeres ersetzen! Ich freue mich so sehr auf uns beide im Bett! Öffne jetzt meinen Reißverschluss, aber bitte nur so weit, wie du ihn vorhin geschlossen hast. Den Rest tu' ich! Ich möchte mich dir schenken. Setz' dich am besten aufs Bett!"

Sie setzte sehr langsam fort, was er begann. Während sie ihr Kleid abstreifte, sah sie Hans unentwegt an. Sie bemerkte, wie er heftiger atmete. Als ihr Kleid zu Boden sank und sie in bezaubernder sexy Unterwäsche vor ihm stand, kniete sie sich über seinen Schoß. Sie wollte seinen Atem ganz nah spüren. Sein Atem perlte wie Champagnerblasen auf ihrer Haut.

„Gleich geht's weiter!" flüsterte sie und legte ihre Perlenkette ab.

Sie erhob sich und löste ihre Strümpfe; abwechselnd stellte sie einen Fuß nach dem anderen auf die Bettkante und schob sie langsam von ihren Beinen.

„Bitte, lieber Hans, jetzt bist du dran. Meine Geschenke für dich bleiben noch verpackt. Dein Geschenk für mich möchte ich auch lieber selbst auspacken."

Hans begann bei seinen Socken, dann sein Hemd und schließlich seine Hose. Sein Auftritt war nicht halb so elegant wie der seiner Freundin.

„Deine Boxershorts gefallen mir. Da kommt doch ein bisschen Farbe ins Unterzeug! Sind sie nicht etwas zu eng?"

„Im Augenblick schon!" gestand Hans.

„Das klingt ermutigend. Ich verstehe!"

Hans zog sie an sich und küsste sie. Sie antwortete heftig; so küssten sie sich so lange, bis ihre Beine sie nicht länger tragen wollten und sie aufs Bett sanken.

„Hans!" bat sie „Lass mich wissen, was in dir vorgeht! Gefalle ich dir – aber sag mir die Wahrheit!"

„Grete, mir fehlen die passenden Worte. Mir fällt keins ein, was dir gerecht werden könnte. Verzeih' bitte meine bescheidene Wortwahl! Du siehst bezaubernd aus. All meine Sinne sind gefangen und benommen. Dein Duft, deine makellose Haut, dein Haar; du bist eine vollkommene Komposition."

Grete lächelte: „Hans, du bist ein Mann, sei nicht schüchtern!"

Hans zögerte: „Ich bewundere deinen herrlich femininen Hintern und den kleinen Slip, der ihn nicht verbirgt. Ich freu' mich darauf, wenn ich ihn das erste Mal versohlen kann!"

„Das klingt erst mal gut! Du willst mir den Hintern versohlen? Das klingt nicht gut! Das kann man mit Engeln nicht machen, nur mit bösen frechen Jungs! Also sieh dich vor!"

„Komm über mich, ich möchte deine beiden Kätzchen freilassen..." bat Hans.

Grete beugte sich über ihn, breitete ihr Haar um beide Gesichter und küsste ihn. Er tastete über ihren Rücken, öffnete die beiden Häkchen und befreite die beiden. Er schob die Träger von ihren Schultern; sie hob erst den einen, dann den anderen Arm, so dass er das Kleidungsstück beiseitelegen konnte. Grete führte ihre Kätzchen nahe an sein Gesicht. Sein heftiger Atem erregte sie, und die rosa Näschen zogen sich zusammen.

„Magst du mein Geschenk an dich?"

„Du bist hinreißend!" sagte Hans mit rauer Stimme.

„Ein kleiner Tipp, die beiden schmusen für ihr Leben gern!"

Hans machte sich schmusend mit den beiden bekannt. Er hoffe, sagte er nach einer Weile, man würde sich künftig öfter sehen. Hans' Hände glitten Gretes Kontur entlang zu ihren Hüften und fühlte die schmalen elastischen Bänder ihres Slips. Er fasste sie:

„Gnädige Frau, Sie erlauben?"

„Ich bitte darum, mein Herr!"

Gretes Slip segelte neben dem Bett zu Boden.

„Hurra, es ist ein Mädchen!" jauchzte Hans.

Grete lachte: „So, nun bist du dran, mein Lieber!"

Beherzt zog sie Hans' Shorts herunter: „Hurra, es ist ein Junge! Und noch dazu ein ganz prächtiger!" konterte sie.

„Da haben wir ja Glück gehabt! Jetzt müssen wir uns nur noch vertragen!" meinte Hans.

„Keine Sorge, das werden wir! Ich bin ja so froh, dass ich kein Gewölle vorfand!"

Hans lachte: „Du hast vielleicht Bezeichnungen...!"

„Unser Bett soll auch der Ort des Lachens und der Freude sein! Aber hast du es nicht gehört, wie mir ein Stein vom Herzen fiel?"

„Gretchen, du siehst doch aber auch allerliebst aus!"

„Das wusstest du aber nicht zuvor!"

„Aber ich ahnte es! Etwas anderes hätte nicht zu dir gepasst! Danke!" sagte Hans liebevoll.

Sie küssten sich voller Glück, endlich alle Habseligkeiten abgelegt zu haben.

„Du Hans," sagte sie leise „es hat den Anschein, dass Santa doch noch kommt!"

Hans sah sie verständnislos an: „Wieso? Hat es geklingelt?"

„Nein Hans, es hat nicht geklingelt, zumindest nicht an der Tür. Aber kennst du Santa nicht, die amerikanische Variante von unserem Weihnachtsmann?"

Hans sah sie noch verständnisloser an.

„Hans, Santa fliegt in der Heiligen Nacht mit seinem Schlitten, gezogen von Rentieren, über den Himmel und dringt trotz seiner Größe und Leibesfülle durch den Kamin in die Wohnstuben ein und hinterlässt seine Geschenke…"

Hans sah sie noch immer ungläubig an: „Meinst du etwa, ich Santa, und du Kamin…!"

„Hurra, es hat geklingelt! Ich hoffe, dieser Spaß hat deine spürbare Vitalität nicht beeinträchtigt! Komm', lass Santa nicht in der Kälte stehen!"

Unverhofft gestaltete sich dieser Abend doch noch zu einen wahren Weihnachtsfest, das beide jubilieren ließ. Selten haben sich zwei Menschen so sehr über die reichen Gaben gefreut, wie Hans und Grete in dieser Nacht.

Als sie nach einer gewissen Ruhephase eine zweite Einladung aussprach und Hans dieser Einladung folgte, bat sie innezuhalten und um ein Gespräch:

„Du Hans, ich muss dir was gestehen, ich muss dich warnen…!"

„Aber warum denn gerade jetzt, wo wir so herrlich…!"

„Ja Hans, gerade jetzt! Ich will fühlen, wie du darauf reagierst! Es ist mir wichtig!" Grete machte eine Pause.

„Der Mythos von der Frau als lustloses Wesen ist zwar weit verbreitet, aber falls er tatsächlich stimmen sollte, so trifft er auf mich gar nicht und überhaupt nicht zu. Ich werde sehr viel Mann brauchen – versteh' mich richtig – nicht Männer! Ich werde dich sehr oft als Mann brauchen. Seit einigen Jahren hatte ich nicht mehr all das Schöne wie jetzt. Ich bin jung; ich bin ausgehungert! Aber ich will dich nicht ängstigen! Allein das Gefühl, dass du mir jetzt zur Verfügung stehst, beruhigt mich schon kolossal. Ich werde dich sehr fordern, aber nicht überfordern. Ich werde dich fördern, damit sich deine Grenzen Schritt für Schritt erweitern. Du weißt, was viel genutzt wird, bildet sich stärker heraus. Ich kenne viele Methoden und ich weiß, du wirst es und dich mögen. Du musst mich von meiner Gier, von meinem überzogenen Verlangen, heilen. Im Augenblick könnte ich pausenlos... Bitte, denk nicht schlecht von mir, wenn ich dich sehr oft bitten werde, mir gefällig zu sein, bis ich zur Normalität zurückgekehrt bin."

Hans streichelte über ihr Haar: „Gretchen, wir haben doch gerade erst angefangen. Wir haben noch viel vor. Mach dir also keine Sorgen. Wer schreibt uns denn vor, was normal ist? Was ist denn für dich normal?"

„Täglich!"

„Oh!"

„Siehst du!"

„Liebste Grete, warum gleich Pessimismus? Bisher hatte ich immer am Mangel in meinen Beziehungen gelitten. Bei Geiz und Kargheit kommt keine dauerhafte Freude auf. Jetzt trittst du in mein Leben und stößt die Tür zu einem Garten des Überflusses auf! Spürst du denn nicht, wie sehr mich deine Ankündigung freut? Im Augenblick k könnte ich dich auch pausenlos...!"

„Doch, das spüre ich! Meine Rede war also kein Erectionkiller. Und das tut so verdammt gut!" lachte sie.

„Wer hindert uns daran, all die Feiertage im Bett zu verbringen. Am Samstag müssen wir wahrscheinlich die Vorräte ergänzen und dann nichts wie ab und wieder ins Bett. Hast du auch bis Silvester frei genommen?"

Grete nickte und sie liebten sich etwas begeisterter und entspannter als zuvor. Auch ein sanftes drittes Mal fanden sie zu einander, bevor sie selig einschliefen.

Am nächsten Morgen küssten sie sich munter, duschten natürlich gemeinsam und zogen sich wieder zurück ins Bett, um mit reichlicher Stretchgymnastik ihre Gelenkigkeit zu verbessern, denn die werden sie bei ihrem Vorhaben brauchen. Danach erforschten sie einander, wie neugierige Kinder. Grete entschloss sich ihrer Ansprache von gestern Taten folgen zu lassen. Sie kündigte umfassende Führungen über ihr gesamtes liebliches Territorium an. Sie war der Meinung, sie würde am meisten davon profitieren, wenn sie zur rechten Zeit an der richtigen Stelle sachkundig behandelt würde. Sie fragte ihn auch, ob es ihn stören würde, wenn sie ab und zu vor Behagen quietschen würde. Nein, überhaupt nicht, ließ er sie wissen, das sei so etwas wie eine Orientierungshilfe, ein willkommenes Feedback.

Die erste Führung war für die Augen gedacht, gewissermaßen als Einstimmung zur zweiten Führung, wobei sie Hans' Finger über Hügel, Täler und Ebenen gleiten ließ und ihm zu den Highlights allerhand Wissenswertes erklärte. Dabei sollte taktile Sensibilität und zupackende Begierde geweckt und geschult werden. Die dritte und letzte Führung galt dem Feinschmecker in Hans. Lippen und Zunge sollten von den dargebotenen Leckereien kosten. Obwohl Gretes Territorium äußerst reizvoll und appetitlich war, waren all die Führungen gratis. Immerhin hatte die Führende mindestens genauso viel Vergnügen dabei wie der Ge- und Verführte. Trotz zahlreicher Verirrungen fanden Verwirrter und Verwirrende immer zum Ziel. Nach jeder Führung kehrten sie ein, um sich zu stärken und zu schwelgen.

Ihren Führungen schlossen sich die Führungen über Hans' Territorium an. Auch Grete erfuhr dabei allerlei Wissenswertes. Immer wieder gab es Lockangebote: Tu' mit mir, was du möchtest, damit ich deine Vorlieben kennenlerne; oder: Dreimal zum Preis von Zweimal. Kurzum, man betrieb Marktforschung. Es wurden einprägsame Werbeslogans herausgearbeitet: Was du heute kannst besorgen, das verschiebe nicht auf morgen! Oder: Die Erwartungsvolle im Bett ist besser als die Taube auf dem Dach. Hans geriet in angenehme Verwirrung; aber er mochte es, schließlich war Weihnachten das Fest der Liebe. Weihnachten wird bald zu Ende sein, ihre Liebe aber nicht im Geringsten!

Er klagte hin und wieder über momentane Erschöpfung, ließ sich aber gern von seiner Gespielin eines Besseren belehren. Früher als erwartet, fand er sich selbst einen großartigen Kerl. Die weise Grete widersprach ihm nicht. Schließlich hatte sie ihren Leitsatz noch nicht abgelegt: Einmal mehr ist niemals genug! Hans bestritt das nicht; er genoss es, von seiner geliebten Grete so recht zur Brust genommen zu werden. Es kam niemand zu Schaden und positiver Stress soll sich bekanntlich vorteilhaft auf die Vitalität auswirken. Einmal gestand Grete:

„Hans, du tust mir verdammt gut! Warum sollte ich das, was mir gut tut, nicht auch annehmen? Keine Angst, ich pass' schon auf, dass du mir nicht von der Latte kippst!"

Das hatte Grete wirklich gesagt, aber sie ließ ihm keine Zeit, dieses Thema zu vertiefen. Dennoch lernte Hans sehr rasch, ökonomisch mit seiner männlichen Energie umzugehen. In Zeiten relativer Ruhe las Grete ihrem Hans eine erotische Kurzgeschichte aus dem Buch von Simon Jorsen: *Erotical 2 – Mythen, Märchen, Mittelalter* - vor.

Am Samstag ergänzten sie ihre Vorräte, natürlich in dem Supermarkt, wo sie sich begegnet waren. Sie dankten dem Filialleiter, weil er sie ja gewissermaßen zusammengeführt hatte. Dieser schien aber nicht sehr glücklich und klagte:

„Da sind Sie nicht die einzigen. Viele Singles sind nun keine mehr. Warum sollten sie also am Singleabend bei mir einkaufen? Ich muss wohl mein Geschäftsmodell aufgeben. Liebende konsumieren herzlich wenig!"

Hans schlug ihm ein neues Konzept vor, dass aber hier nicht verraten werden soll, damit die Konkurrenz ihm nicht zuvor kommen kann.

Zuhause suchten die beiden sogleich wieder ihr Nest auf, zulange hatte der Aufenthalt in der kalten Welt da draußen gedauert. Sie begannen, zu experimentieren, um herauszufinden, was ihnen an ungewöhnlichen Beilagen gefallen könnte. Das war eine ganze Menge. Sie mochten Pillow-Talks, zwei Gesichter einander zugewandt auf einem Kissen; nur verbale Stimulanz war gestattet. Sie diskutierten über das, was allgemein als unanständig galt, fanden aber herzlich wenig Unanständiges. Sie mochten Spiele, liebten sich wie zwei Raubkatzen. Reisten in ihren Fantasien in Regionen, die sie nie betreten werden. Besonders anregend fanden sie alle Arten von Massagen. Sie massierte ihn, er massierte sie, sie massierten sich gleichzeitig. Sie erfanden Dankbarkeits- und Wertschätzungsrituale für die Zeit danach. Sie unterwiesen einander in Dingen, die sie besonders mochten. Ihre Vertraulichkeiten und ihre Nähe wuchsen. Ihr Repertoire schien unerschöpflich.

Die Grenzen verwischten. Immer deutlicher entwickelte sich Hans zum Jäger, während Grete, die Gejagte, um Drehpausen bat. Sobald sie aber Hans' Zurückhaltung spürte, vollzog sie den Regiewechsel und übernahm die Führung. Man spielte sich ein und kam tagelang nicht aus den Federn. Oft waren sie rechtschaffen müde, aber niemals einander überdrüssig.

Silvester war bitterkalt, aber von einem dunkelblauen Himmel strahlte eine tief stehende Sonne. Sie mussten mal vor die Tür, um durchzulüften. Sie wählten für ihren Spaziergang den leicht ansteigenden Weg hinauf in den Wald, wo sie sicher sein konnten, niemandem zu begegnen. Es herrschte fast vollkommene Stille. Die einzigen Geräusche waren die ihrer Schritte im leichten Pulverschnee und ihr fortwährendes Schnäbeln und Turteln. Dennoch entgingen ihnen nicht die

zahllosen magischen Lichtspiele, wenn von den Ästen Schnee-
staub herabrieselte. Er glitzerte und funkelte für Sekunden
wie großzügig verstreute Edelsteine. Selbst in dieser Eiseskäl-
te zeigte sich die Natur verschwenderisch.

Grete fröstelte etwas.

„Liebste Grete, vermag ich dich nicht mehr zu wärmen?"
fragte Hans besorgt.

„Hans, du bringst mich zum Glühen, aber ein heißer Tee wäre jetzt sehr willkommen. Vermutlich bin ich auch etwas ge-
schwächt durch deine ständigen Paarungswünsche."

Hans lachte: „So rasch willst du zurück zu dem, was du vor
ein paar Tagen noch als normal bezeichnetest?"

„Nein Hans, das will ich ganz und gar nicht! Ich bin nur überrascht, wie schnell du dich zu einem wahren Füllhorn wandel-
test. Deine Rundumversorgung ist fabelhaft! Ich würde nur
gerne mal wieder eine Flüssigkeit zu mir nehmen, die deutlich
heißer als knapp 37°C ist und da kam mir heißer Tee in den
Sinn!"

Der tiefstehende Sonnenschein und der blendendweiße
Schnee erschwerte das Sehen. Daher bemerkten sie spät aber
noch rechtzeitig eine weiße Rauchwolke, die zwischen den
Bäumen kerzengerade emporstieg. Wo Rauch ist, ist auch
Feuer. Sie stapften den Rauchzeichen entgegen und standen
plötzlich vor einem kleinen Haus, aus dessen Schornstein der
Rauch aufstieg. Hans klopfte an die Tür. Niemand antwortete.
Er trat ein in einen winzigen Vorraum. Grete folgte ihm. Ihre
Augen hatten sich noch nicht an das Halbdunkel gewöhnt.
Hans klopfte an eine weiterführende Tür, wieder keine Reak-
tion. Er betrat, Grete dich hinter ihm, einen größeren Raum.
Er war sehr warm, und als sich ihre Augen an das Halbdunkel
angepasst hatten, bemerkten sie ein flackerndes Kaminfeuer,

einen großen dunkelgrünen Kachelofen, am Fenster einen Tisch mit zwei Stühlen, auf dem Tisch ein summender Samowar, zwei große Becher und eine große Schale mit braunem Zucker. Außer dem Prasseln des brennenden Holzes im Kamin und Kachelofen, war kein Geräusch zu vernehmen. Hans rief Hallo! Keine Antwort. Er sah aus dem Fenster. An der Rückseite des Hauses befanden sich kleinere Gebäude, vermutlich Wirtschaftsräume. Er ging ums Haus, fand aber keinerlei Anzeichen einer menschlichen Person, im Schnee nur seine eigenen Fußstapfen. Er rief und klopfte an alle Türen. Sie ließen sich alle öffnen, alle quietschten etwas, aber weit und breit kein menschliches Wesen.

„Meinst du, wir können einfach vom heißen Tee trinken?" fragte Grete, als er zurückkam und ratlos mit den Schultern zuckte.

„Tun wir's doch einfach! Aber legen wir erstmal unsere Mäntel ab. Es ist sehr warm hier drin!" schlug Hans vor.

„Die Schuhe auch, damit wir keinen Schmutz und keine Pfützen hinterlassen. Das ist rücksichtsvoll und wird bestimmt honoriert, falls jemand kommt!"

Sie schlürften den heißen, süßen Tee. Er tat ihnen beiden gut. Zur Wärme von außen gesellte sich die Wärme von innen. Dies und das Knacken und Knistern der Scheite machte sie schläfrig und sie legten sich auf den langflorigen Teppich vor dem Kamin. Ein paar weiche Kissen sorgten für reichlich Komfort.

„Hans, hast du Angst? Wenn wir nun Teil dieses Märchens sind und hier wohnt eine böse Hexe, die nur gerade ausgeflogen ist..."

„Dann ist sie nur hinter dem Hänsel her. Sie wird ihn in einen Käfig stecken und ihn mästen!"

„Hans, da muss ich dich korrigieren. Das Märchen wurde verändert, das heißt kindgerecht also angsteinflößend umgeschrieben. Kindern konnte man mit den Strafen der bösen Hexe drohen. Die Fälschung ist aber sehr leicht zu durchschauen. Ich erzähl' dir die viel logischere Originalversion. Die Hexe sperrt tatsächlich Hänsel ein, aber in ganz anderer Absicht. Sie hatte genug zu essen, wie du weißt; sie hatte ja sogar ihr Haus mit Pfefferkuchen verputzt. Hänsel sollte nun nicht etwa seinen Finger durch das Gitter stecken, damit sie prüfen konnte, ob er schon schön fett geworden ist. Er sollte seinen elften Finger durch das Gitter stecken. Die Hexe – eine einsame, alleinstehende Frau – untersuchte nun dessen Beschaffenheit. Bei genügender Festigkeit holte sie Hänsel aus seinem Gewahrsam und er musste ihr zu Diensten sein. Damit er ihr nicht fortlaufen konnte, steckte sie ihn anschließend kurzerhand wieder in seinen Zwinger, um bei Bedarf für weitere Dienstbarkeiten zur Verfügung zu stehen. Klingt doch logisch? Eine einsame Frau, vielleicht etwas entstellt, hat genau die gleichen Bedürfnisse wie eine junge, hübsche, sexy Hexi. Die Geschichte mit dem Backofen ist auch falsch. Die Einsame bereitete ein gemeinsames Dampfbad vor; das soll sehr anregend sein, weil man sich da mit Birkenzweigen gegenseitig verhaut."

Hans lachte: „Grete, du bist unglaublich! Mit welchem Ernst du die Geschichte erzählst..."

„Ernst deshalb, weil sie wahr ist!" beharrte Grete.

„Gut! Wenn nun tatsächlich in wenigen Augenblicken, die einsame Frau diesen Raum betritt, mich ergreift und mich vor deinen Augen zu Liebesdiensten zwingt, würdest du da nicht eingreifen oder eifersüchtig sein?"

„Ich würde abwägen. Würde es bei einem Mal bleiben, würde ich vielleicht großzügig darüber hinweg sehen. Ich will auf alle Fälle, dass du mir erhalten bleibst. Du bist mir unverzichtbar. Du bist mir so wichtig wie jeder Atemzug. Allerdings würde ich mir schon Gedanken darüber machen, wie es denn möglich sein kann, dass du sofort bei einer unattraktiven Frau in der Lage bist... wo wir doch so reichlich...?"

„Vielleicht bin ich unterfordert!"

„So, du bezeichnest dich als unterfordert! Das werden wir aber rasch ändern. Hans, wir sollten jetzt sofort... das Gespräch hat mich erregt, du weißt, wie leicht ich erregbar bin und wenn die Frau tatsächlich kommt und uns sieht, dann kriegt sie gleich mit, dass sie dich nicht kriegt!"

„Na endlich!" sagte Hans und die beiden schritten munter zu Tat. Keine fremde Person kam herein und die beiden ruhten und dösten entspannt.

Doch als sie erwachten, erschraken sie gleich über mehrere Dinge. Draußen war es dunkel geworden. Es schneite heftig, ihre Spuren waren verwischt. Das Kaminfeuer war keineswegs heruntergebrannt. Es roch sehr angenehm im Raum. Auf dem Tisch stand dort, wo zuvor der Samowar stand, eine große altmodische Schüssel mit einer herrlich duftenden, heißen Suppe, daneben lag ein runder Brotlaib. Ein Krug war mit säuerlichem Apfelwein gefüllt. Neben zwei Tellern lagen korrekt ausgerichtet zwei Löffel.

„Alle Türen quietschen! Wir hätten etwas hören müssen... Irgendetwas geht hier nicht mit rechten Dingen zu! Hast du Angst Grete?"

„Nein, du bist ja bei mir. Außerdem sieht das alles nicht gerade feindselig aus. Aber merkwürdig ist das Ganze schon!"

„Gut, dann lassen wir uns die Suppe einfach schmecken und sagen einfach Danke!"

„DANKE!"

Die Suppe war ein purer Genuss und erfreute Gaumen und Magen.

„Grete, ich fürchte wir können heute nicht mehr nach Hause gehen. Es ist riskant. Wir finden den Weg nicht. Es ist sehr kalt und es herrscht dichtes Schneetreiben. Was hältst du davon, hier zu bleiben, hier zu übernachten?"

„Wir haben wohl kaum eine andere Wahl. Bei der guten Verpflegung fällt's auch nicht schwer, hier zu bleiben – und mal im Ernst, wir haben doch alles dabei, was wir für die Nacht brauchen."

„Einverstanden! Das einzige Licht ist das Kaminfeuer!" sagte Hans.

„Es scheint nicht herunterzubrennen. Wie romantisch! Stell' dir vor, wir müssten hier Wochen und Monate verbringen – keine Form moderner Unterhaltung – nur wir beide!"

„Du wirst's nicht glauben, es schreckt mich nicht! Sicher wäre es ein interessantes Experiment!"

„Mich auch nicht! Es ist zweitrangig, ob du über mir, unter mir oder neben mir bist, Hauptsache du bist in mir. Vielleicht werden wir Grenzen überschreiten, neue Dimensionen erschließen; es wäre fantastisch. Wir sollten getrennte Tagebücher schreiben und sie jede Woche austauschen. Komm', lass uns wieder zum Kamin gehen!"

„Es ist erst kurz nach sechs…!"

„Heute Nacht ist Silvester…Unser Feuerwerk wird ganz anderer Natur sein!" freute sich Grete. „Du wirst eine Rakete nach der anderen steigen lassen und ich werde in vielen schillernden Farben explodieren! Hast du einen bestimmten Wunsch?"

„Das habe ich, ich möchte dich en nature!" sagte Hans spontan.

Grete lächelte sanft: „Das ist ein schöner Wunsch und gleichzeitig dein frömmster Wunsch, den ich dir heute erfüllen werde! Es wird etwas länger dauern bei all dem, was mich heute wärmen musste, und diese Sweet-little-Nothings, wie du zu sagen pflegst, kann ich dir heute auch nicht vorführen!"

„Ich mag gerne Grete pur; Grete und sonst gar nichts! Dann bist du unwiderstehlich!"

„Dann will ich mich mal beeilen, bevor du es dir noch einmal anders überlegst!"

Als sich Grete von allem befreit hatte, kniete sie neben ihm und zog sein Kopf an ihre Brust: „Hans, das möchte ich immer für dich sein, unwiderstehlich, dass ich dich immer bezaubern und verzaubern kann und dass du nur einen einzigen Gedanken hast, mich zu lieben!"

„Ich kann mir nichts anderes vorstellen! Aber setz dich nah zum Feuer, es sieht so fantastisch unwirklich aus, wenn das flackernde Feuer auf deiner weißen Haut reflektiert, als seist du entflammt!"

„Das ist nicht unwirklich! Ich bin entflammt für dich! Bitte zeig's mir auch auf deiner Haut!" bat Grete.

Hans tat's ihr gleich. Sie betrachtete das Spiel der tanzenden Flammen nun auf seiner Haut. Es sah wirklich beindruckend aus. So nah am Kamin froren beide nicht. Die wirbelnden Flocken draußen freuten sich, als sie durchs Fenster blickten. Die rätselhafte Situation hatte alle Schrecken verloren. Grete setzte sich mit dem Rücken zu ihm zwischen Hans' Beine und lehnt sich behaglich in seine Arme. Sie sanken rücklings in die weichen Kissen. Er biss sanft in ihr Ohr.

„Deine Ohren sind ganz heiß!" raunte er und knabberte an ihrem Ohrläppchen.

„Sie werden immer heiß, wenn sie darauf warten, dass du mir von den süßen Sünden erzählst."

„Du willst also nicht nur Sünden begehen, du willst auch mehr von der Sünde hören! Was ist denn für dich Sünde?"

„All das herrlich Unanständige, das wir tun!" antwortete Grete.

„Ich kann mich nicht daran erinnern, dass wir jemals etwas Unanständiges getan haben. Und so lange sind wir noch gar nicht zusammen. Was da alles noch kommen wird! Unanständig ist das Vulgäre, das Gewalttätige, das Gemeine, das Erniedrigende, das Erzwingende, das Verletzende, die Ausbeutung. All das ist nicht zwischen uns vorgefallen. Bei all dem, was wir taten, ist mir niemals meine Achtung oder mein Respekt für dich abhandengekommen. Niemals wird ein Dritter von unseren pikanten Geheimnissen erfahren. Auch der Autor dieser kleinen Geschichte wird keine Details über unsere geheimsten Intimitäten verraten. Bitte erzähle auch du niemanden davon, auch deiner besten Freundin nicht. Ich finde es so prickelnd, mit dir ein kleines Geheimnis nach dem anderen wie auf einer Perlenkette aufzureihen. Auch wenn dir irgendetwas an mir nicht passt, wenn du mit irgendetwas nicht einverstanden bist oder unzufrieden bist, auch und gerade im Bett, möchte ich es zuerst erfahren. Ich möchte eine Chance haben, mich zu bessern. Es beweist mir, dass dir das Gelingen unserer Beziehung wichtig ist. Das Gleiche werde ich auch mit dir tun."

„Es tut so gut, das zu hören, nachdem ich mich so sehr geschämt habe, als mir neulich dieses Malheur passierte..."

„Das war kein Malheur, mein Schatz, das war nur eine ganz natürliche Reaktion deines jungen lebendigen Körpers."

„Aber so etwas war mir zuvor noch nie passiert!"

„Das freut mich, dass ich der Erste war! Es war doch wunderschön, oder etwa nicht?"

„Ja, es war unglaublich schön! Beim nächsten Mal werde ich es wohl besser genießen können!"

Sie schwiegen eine Weile und schmusten versonnen.

„Ich bin sehr glücklich darüber, dass du mich so annimmst, wie ich bin. Trotz meines starken Verlangens, bin ich in deinen Augen eine ehrbare Frau. Zum ersten Mal in meinem Leben, bekämpfen sich diese beiden Facetten nicht mehr. Wenn ich nach Hause zu dir komme, kann ich ausschließlich nach meinen Gesetzen der Freiheit leben; ich brauche mich nicht mehr zu verstellen. Ich beuge mich nur deinen Wünschen und Willen, weil ich uns liebe und weiß, dass du uns ebenfalls liebst.

Eins sollst du noch wissen: falls wir einmal Streit haben sollten, ich dich verletze oder missfalle, sei mir bitte nicht zu lange böse, bestraf mich und sei mir wieder gut. Ich ertrage keine finsteren Wolken über uns. Bestrafe mich aber nie mit Liebesentzug. Unser Schlafzimmer und unser Bett sind Orte des Friedens und der Liebe. Wenn du zur Strafe nicht mehr mit mir schläfst, dann ist es so, als würdest du mir die Luft zum Atmen nehmen. Versohle mir den Hintern, bis dein Zorn verflogen ist, das ist gar nicht so schlimm. Aber nimm mich anschließend in die Arme zum Zeichen, dass alles vergeben und vergessen ist. Wer weiß, vielleicht erregt dich das ja sogar und du gibst mir die Gelegenheit, alles wieder gut zu machen. Ich bin übrigens sehr gut im Widergutmachen!

Du ahnst gar nicht, wie zickig und gemein ich früher manchmal zu meinen Kollegen war, nur weil mir der richtige Mann an der richtigen Stelle fehlte. Hans, bitte sag' mir, dass ich nicht mehr so schrecklich bin."

„Du warst nie schrecklich zu mir, niemals! Ich bin begeistert, eine solch befreite Frau gefunden zu haben. Du hast Seiten in mir geweckt, die ich früher selbst nicht kannte. Es ist so schön, mit dir zu schwelgen, mit dir über die Ufer zu treten. Es ist schön zu beobachten, wie du deinen Körper und den Reichtum seiner Empfindsamkeit genießt."

„Hans lass' mich jetzt über dich kommen!"

Und sie kam mit einer Heftigkeit über ihn, über die er nur wieder staunen konnte. Für den Rest dieses Jahres ließen sie nicht mehr ab voneinander.

Als sie am ersten Morgen des neuen Jahres erwachten, begrüßten sie sich leidenschaftlich. Hans sah aus dem Fenster. Die Sonne schien, es war reichlich Schnee gefallen und kein Wölkchen trübte das dunkle Blau des Himmels. Darüber, dass der Tisch für sie mit einem herzhaften Frühstück gedeckt war, wunderten sie sich kaum noch. Doch aus einem der Wirtschaftsgebäude an der Rückseite des Hauses stieg kerzengerade Rauch empor. Hans schlüpfte in seinen Mantel und eilte barfuß hinüber. Keine Spur, kein Anzeichen von einem menschlichen Wesen. Drinnen überraschte ihn ein heißes Badehaus mit einer Dampfkammer, Kübel mit warmem Wasser, Reisigruten und große flauschige Badetücher. Begeistert rannte er zurück zu seiner Geliebten und berichtete.

Grete strahlte: „Genau, das habe ich mir gewünscht, zu baden, uns gründlich zu waschen und so gereinigt, das Neue Jahr zu begrüßen! Lass uns nackend rüber eilen. Das Frühstück muss sich etwas gedulden."

Hans trug seine Grete die zwei drei Schritte über den Schnee. Sie wuschen einander gründlich und übergossen sich mit warmem Wasser. Sie trockneten sich ab und betraten tapfer das heiße Dampfbad. Sie hielten aus bis an die Grenze der Erträglichkeit. Er packte sie bei der Hand und sie rannten hinaus in den Schnee. Die Helligkeit machte sie fast blind, doch das, was sie sahen, ließ sie heftigst erschrecken: sie waren verschwunden. Statt Ihrer tanzten zwei dampfende Nebelphantome im Schnee. Doch rasch begriffen sie, ihre überhitzte, feuchte Haut dampfte in der bitteren Kälte und hüllte sie in unsichtbar machende Dampfsäulen. Sie waren von dem einzigartigen Schauspiel derart fasziniert, als sich allmählich zwei nackte Gestalten durch ihr Abkühlen aus dem Nebel herausschälten. Sie lachten und rieben ihre Haut mit Pulverschnee, bis sie dunkelrot wurde.

„Wenn man jemanden das erzählen würde, würde der nur ungläubig den Kopf schütteln! Das hätte ich gerne fotografiert!" jubelte Hans.

„Komm!" rief Grete „Das machen wir gleich nochmal!"

Sie wiederholten es noch etliche Male, bis sie müde und hungrig wurden. Zurück in der guten Stube, kleideten sie sich an und wollten frühstücken. Da schon wieder eine Überraschung: auf Gretes Teller lag ein etwas vergilbter Zettel, auf dem in einer altertümlichen Handschrift etwas Unleserliches stand. Hans erkannte und entzifferte die in Altdeutsch geschriebenen Buchstaben. Er las vor wie ein Erstklässler, der gerade das Lesen erlernt:

Liebe Freunde,

wir danken euch, dass ihr durch eure Liebe dieses Haus gereinigt habt. Das konnte nur in einer Neujahrsnacht geschehen. Auf diesem Haus lastete ein dämonischer Fluch aus alter Zeit. Durch euch hat das Böse, hat der Fluch aufgegeben. Ihr seid nicht vor

Angst geflohen, als all das Rätselhafte um euch herum geschah. Der helle Geist der Gastfreundschaft ist zurückgekehrt. Wir körperlosen Wesen sind nicht fähig, das massiv Böse zu vertreiben. Ihr habt es getan, ohne es zu wissen. Dafür danken wir euch!

Wenn ihr nach Hause zurückkehrt, so wählt die gleiche Zeit aus. Erinnert euch an den Sonnenstand von gestern, dann werdet ihr, ohne euch zu verlaufen, den Heimweg finden.

Viel Glück auch auf eurem Lebensweg wünschen euch die guten Hausgeister.

„Sie haben Recht, wir konnten kaum etwas sehen, weil die Sonne uns von links vorne ins Gesicht schien. Auf unserem Rückweg muss sie nun rechts hinten stehen! Es ist ganz einfach!"

Sie ließen sich das herrliche Frühstück schmecken und waren allerbester Dinge. Sie räumten ihre Spielwiese vor dem Kamin auf. Sie wollten alles so hinterlassen, wie sie es vorgefunden hatten. Sie kleideten sich warm an, bedankten sich noch einmal herzlich für die erwiesene Gastfreundschaft und traten schweigend den Heimweg an. Tatsächlich verliefen sie sich nicht ein einziges Mal. Sie kreuzten die Spur eines größeren Tieres.

„Das könnte ein Wolf gewesen sein!" meinte Hans.

„Hans, zieh' mich bitte nicht gleich wieder in das nächste Märchen!" flehte Grete. „Die Wirklichkeit mit dir ist märchenhaft genug."

Zuhause angekommen, wandten sie sich sofort wieder ihrer Lieblingsbeschäftigung zu. So und nicht anders blieb es ihnen ein Leben lang erhalten. Der Mythos von der Frau als das lustlose Geschlecht war widerlegt; und wenn sie nicht gestorben sind, dann leben sie noch heute.

Johann, der Gärtner

Es war einmal ein Gärtner, der hieß Johann und er war unbeholfen und scheu im Umgang mit seinen Mitmenschen. Er war kein gebildeter und umgänglicher Mensch. Manche nannten ihn deswegen abweisend, unfreundlich oder einfach Bruddler. Er besaß eine sehr hübsche, gepflegte Gärtnerei. Er mochte das Wort ‚Gärtnerei' nicht. Das klinge so merkantil, industriell, kalt und einfach unpassend. Daher nannte er sein Anwesen einfach: ‚Johanns Garten'. Wenn Kunden kamen, um Pflanzen zu erwerben, sollten sie die Frage oder sinnverwandte Formulierungen wie „Was kostet das denn nun?" vermeiden. Johann antwortete dann äußerst unwirsch:

„Wofür halten Sie mich denn? Ich verkauf doch nicht meine Kinder!"

Sie sollten dann schweigend die Pflanzen an sich nehmen, einen großzügigen Geldschein hinterlegen, denn die Ware ist ausgezeichnet, und gehen. Johann brauchte das Geld für seinen Lebensunterhalt und den seiner Kinder.

Johann war aber ganz und gar anders, dann, wenn er mit seinen Kindern allein im Garten war. Täglich suchte er seinen Garten auf – bei jedem Wetter. An der Hauswand, geschützt vor Regen standen vier Bienenstöcke. Dort wohnten seine fleißigsten Helfer. Er entlohnte sie nicht und stahl auch nicht ihren Honig. Aufmerksam durchschritt er die Beete. Er lockerte die Erde, entfernte abgestorbene Pflanzenteile und sammelte sie in einem großen Beutel, den er um die Hüften trug. Später kamen die Reste auf einen Komposthaufen, wo sich das Wertlose in wertvollen Humus verwandelte. Johann sprach mit seinen Pflanzen und schien sie sogar zu verstehen. Sie freuten sich über das zusätzliche Nahrungsangebot an Kohlendioxid aus seiner Atemluft und gediehen prächtig.

Wenn sich Vögel vor ihm auf seinem Weg durch die Beete aufhielten, um Insekten und Würmer zu picken, dann stellte er seine Arbeit ein und sprach auch mit diesen Mitarbeitern:

„Hallo Leute, wenn ihr hinter mir im Beet scharrt, habt ihr's leichter, da findet sich der fette Wurm!"

Die Vögel verstanden ihn weniger, verloren aber die Scheu vor ihm.

Wenn im Westen dunkle Wolken aufzogen sprach er auch mit dem Gewitter:

„Hallo Gewitter, aber das mit dem Hagel lässt du bitte bleiben!"

Und das Gewitter ließ das mit dem Hagel bleiben.

Die Krönung in seinem Garten war jedoch eine einzigartige und außergewöhnlich schöne Blume. Sie befand sich im Garten etwas unterhalb der Mitte und lockte täglich die Aufmerksamkeit ihres Gärtners auf sich. Auf einem festen Stängel entfaltete sich ein einziger farbenprächtiger Blütenkelch, beginnend mit einem makellosen Weiß am Stängel, übergehend in ein sonniges Gelb und endend an den Blütenblättern in einem kräftigen Purpur. Ein kleines, kurz gehaltenes Rasenrondell umgab die Prächtige und grenzte sie von den anderen Blumen ab.

Bereits vor Sonnenaufgang begab sich Johann zu seiner Schönen. Er wollte sich nicht entgehen lassen, wenn sie ihren Kelch öffnete, sobald sie der erste Sonnenstrahl traf. Im Innern des Kelches funkelten oft Tautropfen wie Diamanten, die aber bald im warmen Sonnenlicht verdunsteten. Johann besah und überprüfte jedes Blütenblatt, ob es von Schädlingen befallen war. Ein betörender Duft entströmte der reinen Tiefe und machte fast etwas benommen. Falls notwendig, goss er etwas Wasser an die Wurzel und streute etwas Dünger. Dieses Ritual jeden Morgen war sein Dienst an der Schönheit in seinem Garten. Die steigende Sonne lenkte den milden Schatten eines Pfirsichbäumchens über die namenlose Schöne, damit sie nicht litt, denn sie war unbestritten die Königin.

In der Mittagshitze, wenn die Arbeit schwer und schweißtreibend wurde, zog sich Johann gerne auf seine schattige Veranda zurück. Dort stand neben allerlei Krempel auch ein schäbiger, durchgesessener Ohrensessel, der deutlich stöhnte, wenn sich Johann in seiner verschmutzten Arbeitskleidung darin niederließ. Johann brummte dennoch behaglich und schloss die Augen. Dann begann er, sich in einen farbenprächtigen Schmetterling hineinzuträumen und er lächelte. Er schwebte und taumelte durch seinen Garten und hielt Ausschau nach seiner Schönen, die er glühend verehrte. Er wusste, dass sie ihn erwartete und herbeisehnte. Sie vertraute ihm sogar an, dass sie seinen Flügelschlag aus allen andern heraushören konnte. Wenn er sich mit seinen filigranen Beinen auf ihrem Kelch niederließ, nickte sie ihm sanft begrüßend zu. Es kribbelte so schön, wenn er seine vielen Beine ordnete. Warum hat er so viele, wo mir eins genügt? Er ist so farbenprächtig, ich hoffe, die Vögel übersehen ihn! Mit seinen großen Flügeln fächelte der Schmetterling etwas vom betörenden Duft aus dem Innern des Kelches. Langsam entrollt er seinen langen Rüssel und senkt ihn tief hinab an die Quelle des süßesten Nektars. Der Kelch erzitterte durch die Zartheit der Berührung ihres Besuchers. Traurigkeit befiel die Schöne, wenn der Schmetterling gesättigt und trunken davon taumelte. Wahrscheinlich ist dies das andere Gesicht der Liebe, wenn man sich vor Kummer nach dem anderen verzehrt.

Einmal mischte die Bezaubernde ihrem Nektar eine Substanz bei, die den Schmetterling zwingen sollte, für immer bei ihr zu bleiben. Er blieb sehr viel länger, flog aber dann dennoch davon. Als er bedrohlich davon torkelte, zu Boden fiel und sich nur schwer wieder in die Lüfte erheben konnte, da machte sie sich schreckliche Sorgen und bereute ihre Tat zutiefst. Sie gab auch ihre Vorhaben auf, ihn festzuhalten, indem sie einfach ihre Blütenblätter um ihn schloss. Nein, sie ergab sich der Erkenntnis:

Liebe ist ein Kind der Freiheit und muss es immer bleiben; andernfalls verliert sie ihren frischen Duft.

So ergab sie sich dankbar in die täglichen Wonnen, die ihr ihr Gast bescherte. Ihre Sehnsucht wurde zum süßen Schmerz und Teil ihrer Glückseligkeit.

Eines Tages würde der Herbst und Winter kommen. Sie wird ihn schlafend im warmen Dunkel der Erde überleben und im neuen Frühling sich zu neuer Pracht entfalten. Aber wen würde sie mit ihrer einzigartigen Schönheit begeistern können? Ihr Geliebter wird die Kälte der dunklen Jahreszeit wohl kaum überleben. Wird es für sie überhaupt noch einen Sinn machen, ohne ihn, ihre Anmut, ihre Reize zu verschwenden? Wird ihr Nektar nichts anderes als geronnene Tränen sein?

Die Schöne ahnte noch nicht, dass ihr Geliebter von einem unverbesserlichen Träumer geträumt wurde, der alles daran setzen wird, ihren Geliebten wieder erstehen zu lassen.